1964-65年ごろの三浦綾子・光世夫妻（写真提供・三浦綾子記念文学館）

あたたかき日光《ひかげ》

三浦綾子・光世物語

あたたかき日光《ひかげ》　三浦綾子・光世物語

もくじ

作者名の記載のない引用歌は
三浦光世の作である。

装画　波佐見亜樹
扉絵　小川けんいち
装幀　江畑菜恵（es-design）

第 1 章

病めるときに既に愛《あい》し

1

風が、ツルアジサイの白い装飾花を揺らしている。天を目指すように木の幹に巻きつくツルアジサイ。真っ白なその萼片《がくへん》に、水無月《みなづき》の陽光が降りそそいでいる。

一九六四年六月。初夏の雑貨店では、アイスクリームや菓子パンがよく売れた。

「おばちゃん、アイス三つ」

「はーい、ありがとう。今日は暑かったわね」

青田が続く旭川市郊外の豊岡。まばらな家並みにバス停がぽつんとあり、その近くの三浦商店に、くるくるとよく働く四十代らしき「おばちゃん」の笑顔があった。近くの木工団地で働く若者らが、タバコや菓子を求めてぽつぽつと訪れている。

十月には東京オリンピックが開催されるというのに、北の地の新聞には、浮き立った記事はさほど掲載されていない。それに、雑貨店のおばちゃんである綾子には、遠くの五輪よりも、もっと気になる記事があった。

六月十九日。朝日新聞に、一千万円懸賞小説の予選通過作品二十五編が発表された。

七百三十一編の応募作から選ばれた二十五編の中に、あったのだ。「三浦綾子」「氷点」という文字が。

前年の正月から大みそかまで、まる一年をかけて書き継いだ「氷点」は、夫の光世がタイトルの提案者である。

原稿用紙一千枚近い長編。それまでの綾子は、ペンネームでの手記の発表はあったものの、本格的な長編小説は初めてだった。頼りにしたのは、たまたま古書店で買った本の中で見た、丹羽文雄の「新聞小説作法」のみ。そこには、こんなことが書いてあった。

「新聞小説は、筋が大切である。物語性が大切である。描写とか心理とか雰囲気というものは、次の問題である」

「新聞小説の書出しは、もっとも大切である」

なるほど、と綾子は心得た。物語性に、綾子の思う真実をプラスして、読者の心に訴えかけていけばよいのだ――一気にペンは進んでいった。

「三浦さんお電話です、おうちから」

光世は旭川営林局で働いていた。病気がちだが、真面目で仕事は正確。経理課きっての逸材とも言われている。

光世には電話が多いということも知られていた。とりわけ、出だしの「ミ」にアクセントを置いた「ミウラをお願いします」という女性の電話を、何人の同僚が取り次いできたことか。今日も、その声が受話器からこぼれていた。

「ミコさん、二十四日に東京の学芸部のかたが来るんですって！　そう、朝日新聞の本社から」

年下の夫を、綾子は「ミコさん」「ミッコ」などと呼んでいる。はずんだ声で、綾子は報告した。「氷点」という小説を応募した四十二歳女性が、どのような人物であるかを知りたくて、東京の本社学芸部次長と旭川支局長がわざわざ面談に来る、と。

当選すれば、賞金は一千万円である。光世の俸給は、手取りで二万五千円程度。三浦商店の一日の売り上げは、一万円程度。金額を意識すればするほど、夜も綾子の目は冴《さ》え、一晩じゅう眠れなかったり、数時間で目が覚めたりという日々が続いていた。

面談も無事に終わった四日後の六月二十八日夜。三浦家の黒電話がかん高く鳴った。

「朝日新聞旭川支局長の小林です」

綾子の胸が高鳴る。

「先日はわざわざ……あ、もしかして、決まりました？」

先方、あいまいな返事。

「一位でしょうか」

たたみかけて訊《たず》ねる綾子だが、小林ははっきり答えない。

「えー、明日は、ずっと三浦商店にいらっしゃいますか？」

「はあ」

「午前中に、私ともう一人、記者とでうかがいます。いえ、本社の者ではなく市内の者です」

「はい。あの……一位ですか？」

「まあ、ご想像におまかせします」

受話器を置いた綾子に、再び眠れぬ夜が訪れた。

翌日やって来た支局長と記者は、雑談には応じてくれるのだが、初舞台の漫才師のようにぎこちない掛け合いを見せるだけ。思わず綾子は口に出した。

「ちなみに、今日は何のためにご足労くださったのですか?」

「それは、その……まあ、明日になればわかるでしょう」

と支局長。

何か言いたげな記者に、支局長が目くばせをする。しばしの沈黙。

支局長が腕時計に目をやると、ちょうど近くの奥さんがマヨネーズを買いに来て、それを機に取材終了となった。

2

「眠れないし、肩こりもひどくなるし……。ミコさん、疲れているのにごめんなさいね」

二歳下の夫光世は、いつものように綾子の肩をもんでやる。そして、泰然とした声を発した。

「綾子。もう少し、神の懐に安らぎなさい」

二人は信仰篤《あつ》いクリスチャンである。言ったあと、カレンダーに目をやった光世は、思わず手をとめた。うっかり忘れていたのだ、短歌雑誌の投稿の締め切りを。

趣味で短歌を作っている光世は、いつも締め切りを忠実に守ってきた。それが、ここ数日は綾子の小説の予選通過に気をとられ、自分のほうこそ神の懐に安らぐことができていなかった。

苦笑しながら、年上妻の少しむくんだ顔を両手で包んでやる。

「とんでけ、とんでけ、憂い顔。さささささ、布団敷いてやるから待ってなさい。寝る前に一緒に聖書を読もう」

光世は、綾子の執筆の様子を短歌にしたことも思い出していた。

一日雑貨を売りては夜毎《よごと》ペン持つ妻懸賞小説に応募するとて

一九六三年、ほぼ一年をかけて「氷点」は書かれた。雑貨店の仕事のあと、夕食をすませた夜十時過ぎから、綾子は布団の中で腹ばいになってペンを握った。書き終わった原稿用紙は、まず光世に渡す。目を通した光世の感想を待って、書き直し、書き継いだ一千枚である。

応募の締め切りは、大みそかだった。ぎりぎりまで書き直していたので、終盤の原稿は写しをとる余裕すらなかった。ビニール袋に包んだずしりと重い原稿の束を、光世が郵便局に持ち込み、当日消印有効ということで、二度くっきりと消印を押してもらった。

「……綾子は、『書く』世界に、入ったんだな」

それまで、「書く」習慣は、むしろ光世のほうにあった。十代からつけている日記である。その光世の日記を読み、勝手に書き込んでしまう綾子の行為を、光世はゆるしていた。たとえば三年前の正月の日記。

一九六一年一月二日(月)晴

九時ねこみを兄におそわれ二人でトラックに乗せられて錦町へ。四時まで、団らんの中にひたる。

その後に、綾子のこんな書き込みがある。

書くという事の必要を感ずる。やはり自分自身の世界と云《い》うものがない時には、すべてが安易となり、その安易さが生活を傷つける。私は「書く」と云う世界の中に入りこんで行くような気がする。

（略）私をゆるして下さい。

「書く」という世界に入っていこうとする綾子の意志が伝わってきた。

光世は、日記上でエールを送る。

一九六一年一月七日（土）雪

綾子、書けよ書けよ。歌も作れ。

その才を豊かにのばせ。

ちょうどこのころ、雑誌「主婦の友」が、読者からの感動的な実体験を募集していた。光世の「書けよ書けよ」の励ましを受け、綾子は「林田律子」のペンネームを用いてひたすらに書いた。

原稿用紙五十枚。結核などで十三年も闘病生活を送ったこと、慕った人の病死、年下の光世と出逢《であ》い、結婚に至るまで——その手記は、のちの自伝的小説『道ありき』につながった。

その年末のことである。

「ミッコ！　やったわ、入選よ！」

綾子は幼子《おさなご》のようにはしゃぎ、光世に抱きついた。応募した手記「太陽は再び没せず」の入選を告げる速達が届いたのだ。

賞金は、二十万円。

「お店の昨日の売り上げが二千円だったから、百日分ってこと？　どうしよう」

「調子にのるなよ、綾子。だが……おめでとう」

長い闘病生活のなごりか、肩こりに悩まされながらも、綾子はペンを動かす喜びにひたっていた。そんな妻のために、光世は、文学賞の応募要項を探して日記にメモするようになっていた。

無名の新人向けの文藝春秋「オール讀物《よみもの》新人賞」は、一月三十一日締め切り。「オール讀物」の大衆演劇「一幕物」脚本募集もついでにメモしておく。そして、中央公論社「婦人公論」の女流新人賞と「中央公論」の新人賞、どちらも六月三十日締め切りと、メモ。

それを知ってか、綾子の末弟の秀夫が、朝日新聞「一千万円懸賞小説」募集の記事を見つけてきた。

3

一九六四年六月三十日。朝日新聞朝刊に、第二次選考を通過した十二人が発表された。

氷点（三浦綾子）　旭川市豊岡町二条一ノ三、四十二歳、旭川市立高女卒、主婦。

三時間の眠りだけで目をしょぼしょぼさせながら、綾子は自分の名前の活字を指でなぞってみた。

三浦綾子、四十二歳、主婦。

「残ったのね、ここまで！　七百編以上もあって、プロの作家も応募したというのに」

周囲からの反応も徐々に増えてきた。光世は職場で大先輩からほめられ、綾子のきょうだいはもちろん、光世の兄も夜遅くにわざわざ花を持ってやって来た。雑貨店の客たちも、意外そうな表情を浮かべながらも、しきりに感心している。

身内でも、小首をかしげている人がいた。住み込みで家事を手伝う光世の姪《めい》隆子である。身体の弱い夫婦を気遣って、光世の兄が連れてきた若い女性だ。

「あんなに寝てばっかりで、いつ小説なんて書いてたのさ？」

隆子の目に映る綾子は、店では機敏に立ち働くが、客がいなければ、二階で魚のように寝そべるばかりの肩こりのおばちゃんだった。極端に寒がりで、夏でも重ね着をして着ぶくれている綾子に、そんな文才があったとは、隆子には信じられなかった。

いつもは口を挟まない光世だが、このときだけは言葉を添えた。

「隆子は知らないだろう、夜中の二時まで書いていたんだよ。綾子の小説は、他の誰にも真似《まね》できない。きっと一位になるよ」

隆子は目をぱちくりさせただけだが、その言葉は、約一週間後に現実のこととなった。

「ミコさん！　一位入選に内定ですって！」

七月六日午後三時ごろ。常にも増してほがらかな綾子からの声が、営林局の光世に届いた。


ラベンダーの花がちらほらと咲き始めた七月十日。紙面で正式な発表があった。一面中央、社会面、道内版の三つに当選の関連記事が載り、綾子の写真も掲載された。

パーマをかけたばかりの前髪が、綾子の黒々とした目を知的に見せている。広い眉間と、すっきりと伸びた眉。新婚時に比べてふっくらとした頬には、生気がみなぎっていた。

キサクな雑貨店の主婦
一千万円懸賞小説に当選の三浦さん
深夜、書き続けて一年
夫君の励ましを支えに

「あら、ミコさんの笑顔も！　髪を切ったばかりで良かったわね」

綾子と光世が並んだ、三浦商店前の写真も掲載されていた。綾子が光世にセカンドバッグを手渡し、出勤を見送るという演出で、細身の光世が穏やかな笑顔を浮かべている。

掲載日には、朝から電話が鳴り響いた。祝辞が次々と舞い込み、他紙の記者やテレビ番組からの取材依頼もあった。光世は通常に出勤したが、課長に報告を終えるやいなや、デスクの周りには同僚たちが集まってきた。

とはいえ、聞こえてくるのは祝辞だけではなかった。

〈盗作だろう。いなかの主婦に、小説など書けるはずがない〉

〈本当はプロが書いたんじゃないのか？〉

〈一千万の賞金は、実際の作者と山分けするんだろう〉

憶測《おくそく》が、嫉妬と羨望《せんぼう》でふくれ上がり、尾ひれをつけて街の中にありもしない話として出回っていた。

そんな中、ある女性雑誌の編集長から、光世に手記の依頼があった。最も身近な家族の一人として、「一千万円懸賞小説に入選した妻」について書いてほしい、と言うのだ。

「私は一介の公務員で、文章を書けるような人間ではありません」

光世は丁重に断りのはがきを出した。すると、間髪を入れず、先方から光世の職場に電話がかかってきた。

「お立場は十分に承知しておりますが、その……言いにくいことですが、巷《ちまた》に偽作疑惑なども出る中、実際に綾子さんが必死に書いたことを証言できるのは、あなたしかいないのではないですか？」

妻の執筆の証言者となること——その立ち位置は、光世のその後の人生を方向づけることになる。

4

「氷点」狂騒曲のような日々が始まった。詩人バイロンの「ある朝目覚めてみると、僕は有名になっていた」よろしく、「キサクな雑貨店の主婦」綾子の日常は大きく変化していった。

東京での授賞式は、七月二十一日に決まった。とはいえ、その後すぐに全国で披露講演があることまでは、光世も綾子も知らされていなかった。

光世は仕事があるので、授賞式には同行しないと言い張る。

「ねえ、光世さん。どうしても休めないの？」

めずらしく「さん」付けで綾子が呼ぶ。けれども、光世は急性肺炎で、その年すでに三カ月も欠勤していたので、これ以上は休めない。

「職場にもう迷惑はかけられないだろう？　大丈夫、秀夫くんもお母さんも一緒に行ってくれるから、安心しなさい」

エプロンの端を握りしめながら、綾子が心細い声を出す。

「飛行機も初めてだし、講演なんかしたこともないのに……」

「綾子はいいんだよ、挨拶《あいさつ》さえできれば。講演はほかの先生がたがメインなんだから」

光世の言う通り、講演者の顔ぶれは、小樽ゆかりの伊藤整、河盛好蔵《よしぞう》、吉屋信子、中山義秀、函館出身の今日出海《ひでみ》、元朝日新聞社の白石凡《ぼん》ら一線で活躍する豪華メンバーであった。綾子は、そこにいるだけで良い。

けれども一方で、行く先々で、嫉妬や謂《いわ》れのない中傷の言葉が綾子にふりかかるのでは、と光世は不安に感じていた。

そんな心配を、綾子の声がやわらげる。

「ミコ、ミコ、聞いて、これお湯の音。このホテル、部屋にちゃんとお風呂があるのよ！」

上京前に前泊した札幌から、ホテルの風呂を無邪気に喜ぶ電話がかかってくると、光世は、あきれるよりも愛おしさを感じた。

（この幼子《おさなご》のような妻は、私が守っていくしかない）

授賞式の翌日から、大阪、名古屋、福岡、旭川、札幌と、講演の長旅が始まった。ところが早々に、声をひそめた綾子からの電話があった。

「ミコさん、ナイショの話よ。福岡の会場で襲うぞ、って脅迫の電報が何回も届いたそうなの。それで急に、ボディーガードがつくことになって」

痩身《そうしん》の光世は、ますますやせ細る思いだった。

急きょ、綾子と弟の秀夫の護衛にあたることになった男性は、元軍人だったのか、鍛え抜かれた体格だった。

「何かあれば私一人が犠牲になればいいのに、巻き込んでしまって申し訳ないわ……」

「これも仕事です、お任せください」

そのきりりとした太い眉と、二重まぶたの目に、綾子の緊張が解ける。

「まあ、菊夫兄さんにそっくり……」

菊夫は、綾子の実家堀田家の次男だった。陸軍大尉だったが肺結核に罹《かか》り、戦後まもなく病死してしまった兄である。

末弟の秀夫は思わず訊ねた。

「菊夫兄さんって、中国で戦った二番目の兄さんのこと?」

亡き菊夫は、秀夫とは二十歳以上も差があり、秀夫にとっては写真でしか知らない存在だった。

「そう。評判だったのよ、菊夫兄さんは長谷川一夫に似てるって」

十人の子どもがいた堀田家は、うち七人が男性だった。綾子は、寡黙なボディーガードを亡き次兄のように思い、道中の不安を解消させていった。

幸い、福岡でもほかの講演地でも事件らしい事件は起こらず、綾子らは無事に飛行機で戻ることができた。


八月一日。旭川に戻ってすぐ、綾子は三浦商店を閉めた。二階に閉じこもり、「氷点」を新聞掲載用に書き直す作業に没頭する。その間、電話は手伝いの隆子が出て、封書やはがきでの、賞金をめぐる好奇の言葉、無記名での誹謗《ひぼう》中傷は光世が一手に引き受けた。

文面に耐えながら、光世はあらためて、「氷点」が選考委員から評価された理由を反芻《はんすう》するようになっていた。

（「氷点」の登場人物は全員が罪びとであり、私たち人間も、すべてが罪びとなのだ――）

夫以外の男性を誘惑しようとする人妻、戦争で負ったトラウマの果ての殺人、復讐《ふくしゅう》心、猜《さい》疑《ぎ》心、一方的な恋慕、強引な性交、近親相姦《そうかん》に近い感情、ネグレクト、嫉妬、自殺へと向かう心――「氷点」の登場人物の罪は、今ある人間たちも内に秘めているものであった。

「氷点」は、一九六四年末から翌年十一月までの約一年、新聞に連載され、『氷点』狂騒曲」は終わることがなかった。

5

受賞後の半年は突風のように過ぎ去った。

翌一九六五年。「主婦の友」から、「氷点」に続く長編小説の依頼が綾子に届いた。「氷点」の新聞連載も十一月まであり、まだまだ気が抜けなかったが、月刊誌の連載であれば何とか時間配分できそうだった。

光世は営林局で残業もこなしつつ、原稿の清書や、第一読者として感想を述べるなど聞き役になっている。綾子は次作を、主に札幌を舞台とする長編にしたいという。

「『ひつじが丘』はどうだろう?」

「主婦の友」連載小説のタイトルを思いついたのも光世だ。

「いいわね、さすがはミコさん!」

「氷点」を命名して以来、光世によるタイトルの提案は続いていた。小説の師も同人誌仲間もいない綾子にとって、光世の存在の大きさは、なみなみならぬものがある。

「三浦さん、おうちからお電話です」

気になることがあるとすぐ光世の職場に電話をかける綾子の習慣も、変わりなかった。

「ミッコ、聞いて。『ひつじが丘』の一回目について編集者さんに説明する手紙、これでいい?」

受話器の向こうで、綾子がはきはきとした声で文面を読み上げてゆく。光世は、まず八割がたほめる。その後、二割は注文をつける。綾子はそれを聞いてから、納得した部分は進んで書き直すのが常だった。

五月三十日、一回目の原稿を郵送するときである。月末締め切りを遵守《じゅんしゅ》しようと、それまで筆の進まなかった綾子は何とか仕上げた。その手書きの原稿を清書しながら、光世は、これまでにない違和感を覚えていた。

もう綾子はプロの作家になったのだから、内容についてのコメントは極力控えたい。けれども、「ひつじが丘」は、どうしてもテンポが緩慢に思えて、そこが気掛かりだった。

原稿用紙を封筒に入れ、手紙も同梱《どうこん》したものの、なかなか封をすることができない。

「ミコさん、どうしたの? これから見学でしょう?」

ちょうど、「氷点」執筆の補足のため、取材で墓地を見学しようとハイヤーを頼んだところだった。その横でまだ光世はためらっている。

「綾子、少しだけ読み直してみないか? どうもテンポが気になるんだ。五月は三十一日だから、あと一日ある」

これには綾子も色をなした。書き終えてほっとし、出かけようとした矢先、しかも、北海道から東京への郵便事情を考えると、今投函《とうかん》するのがベストである。

「そんな……昨日は何も言わずに清書してくれたじゃない」

「いや、昨日もどこか、引っかかっていたんだ」

「今さらそんな」

すでに出かける支度をしていた綾子は、夏帽子をきつく握りしめる。帽子のあごひもが、所在なく、ぷらんと垂れ下がる。

「綾子。一回目の原稿はとくに大切なんだ。一回目で読むのをやめる人もいれば、ぐっと引き込まれる人もいる。一緒に、読み直してみないか？」

落ち着いた口調で、光世は封筒を綾子の胸元に突き付けた。綾子の黄色いワンピースに日が翳《かげ》る。ああ、結婚を決めたころに着ていたあのワンピースだ、と光世が気付く前に、綾子はうなずいた。

「……わかりました。じゃあ、今夜じゅうに絶対書き直すわ」

封筒を両腕で抱え、綾子は顔を夏帽子で隠す。

夕方帰宅し、カレーで夕飯をすませたあと、二人は一文一文を確認し合った。

「さあ、冒頭から音読してみよう」


青い空をじっとみつめていると、雲が湧いてくる。そんな空で泳いでみたいと京子は思った。雲は、細い絹糸にも似ている。

読み直しは深夜までかかった。納得のいくまで二人で推敲《すいこう》する作業の果てに、冒頭から、綾子らしいリズミカルなテンポが戻ってきていた。

泳いでみたいような青い空であった。じっとみつめていると、空の奥からたぐりよせられるように、細い絹糸にも似た雲が湧いてくる。

翌朝、光世は営林局に電話し、午前の欠勤を告げて、水も飲まずに四時間みっちりと清書をした。綾子は十時ごろ目覚め、ひと通り音読したあとに、首を縦に振った。

十一時、ようやく「ひつじが丘」第一回の完成である。

光世は心地よい疲労感を覚えながら、職場へと向かった。

6

一九六六年五月二十四日。結婚記念日も七回目となった。もう銅婚式である。綾子は、学芸会の子どものようにお辞儀をする。

「満七歳ね！　光世さん、いつもありがとう」

あたたかき日光《ひかげ》に廻《まわ》る花時計見て立つ今日は結婚記念日

とはいえ、お祝い気分にひたっている時間はない。光世はファンレターへの返信の代筆、綾子はゲラのチェックを粛々と行う。一月からはテレビドラマ「氷点」が始まり、新珠《あらたま》三千代と内藤洋子の人気もあって熱狂的に支持されていた。映画化も着々と進んでいる。

そんな「氷点」ブームに比例して、綾子への講演依頼も増えていた。昨年、北海道大学の大学祭に招かれて講演して以来、人前で話すのがうまくなってきたのだ。綾子は頼まれるとすぐ、はいはいと引き受けてしまうが、地図が苦手で忘れ物も多いので、光世が休暇をとってマネージャーのように付き添うことも増えてきた。

六月、札幌の北海学園大学に招かれたときも、光世が付き添った。若い聴衆向けでも、綾子の語りは絶好調だ。サービス精神旺盛で、たとえば、冒頭からすぐに会場の空気をつかむ。

「ひつじが丘」というのを書いているんですけれども、いつも「『氷点』の作家、『氷点』の作家」、あとは小説書いてないみたいに言われちゃって、悲しい（場内爆笑）。高校生や大学生のお手紙も多いんですが、やっぱり『氷点』のことばっかりですね。その中で、「（略）なんて残酷なやつ。ああまで辻口陽子をいじめなくてもいいではないか」。

私を、小説に現れる美しい夏枝という女性と間違っていらっしゃる。光栄なことと言っていいのかどうか、まあ、写真で顔見りゃわかりそうなものを……（場内大爆笑と拍手）。

こんなところで拍手なさるのは、一体どういうこと？（また場内爆笑と拍手）。

さらに、壇上から光世のほうを見ながら、「うちの旦那が」と話すので、光世の存在もいつしか人々に知れ渡っていくのだった。

講演が増えるのはありがたいが、光世が毎回休暇を取って付き添うわけにもいかない。それでなくても光世は、胃腸炎などで欠勤することが多かった。そのたびに綾子は代わって営林局に電話をかけ、その方角に向かって頭を下げるのだ。

「いつも欠勤の電話をかけさせて、すまない……」

「何言うのミッコ、電話なんてラクよ。帰りのバスが遅いなって心配するより、家にいてくれたほうがずっと嬉《うれ》しいわ」

自身の体調不良はともかく、妻の仕事のために営林局を欠勤することは、しだいに光世の負担になっていった。家事は同居する光世の姪の隆子がこなしてくれるが、綾子のスケジュール管理や清書ができるのは、光世しかいない。

伴走者、そして綾子の創作の証言者として、光世はここで一つの決断をした。

数日後。晴ればれとした顔で帰宅した光世を、赤いカーディガンをひるがえして綾子は迎えた。

「お帰りなさい。あんまり遅いから電話しようと思っていたのよ」

「綾子、もう営林局に電話はかけなくてもいいよ」

「え、なぜ？　伝書鳩《でんしょばと》でも飛ばすの？」

「辞めることを、考えている」

光世は四十二歳。数えると、もう四半世紀以上も勤めてきたのだ。

綾子はその辞意を後押しした。

「そう。……じゃあこれからは、私と家で糸電話しましょ」

引き継ぎのために、光世はかなり早めに退職の意思を職場に伝えていた。引き留める人、心配する人もいたが、おおむね新しい生活への前向きな言葉をかけてくれた。

人事異動通知書　三浦光世　農林事務官
辞職を承認する
手当を金1、444、657円給する
昭和41年12月1日
任命権者　旭川営林局長

最後の出勤日。退職辞令を手にした光世は、ネクタイの結び目を確かめる。各課一人ひとりに挨拶《あいさつ》し、全員を回り終えるには二時間以上もかかってしまった。

つつがなく終えた今、光世は、ここをさらに高みへと歩む階段の一段目と感じていた。


今日を最後と立つうす暗き金庫室金庫の扉に吾《あ》が写りをり

「この辞令を、自分へのクリスマスプレゼントにしよう」

何一つわだかまりのない表情を、光世は浮かべた。

7

一九六七年は、営林局を退職した光世にとって、綾子のマネージャー元年となった。仕事場は自宅二階。つねに綾子の傍《そば》にいて、トイレ以外はほぼ一緒の生活である。とはいえ、新婚のような甘い生活とはほど遠い。

退職した翌日から、光世は体調のゆるす限り、かっきりきっかり、時間厳守の生活を心掛けている。

「さあ、出勤だ」

毎朝九時。この広くもない一軒家の中で、光世は自分に「出勤」の宣言をする。ワイシャツに袖を通し、少々膝の出たスラックスを、ベルトできゅっと引き締める。

対して綾子は、ロングスカートを引きずり、上半身は防寒重視で着ぶくれている。

家で仕事をするようになってから、光世が綾子の服を見立てることが増えてきた。それを綾子は幼子《おさなご》のように喜ぶ。

「ありがとう、美人さんになったわ！」

「そうだね。めんこい、めんこい」

この家では、めんこい、は最上のほめ言葉である。

「いただきます」

正午ちょうど。朝に干した洗濯ものが半ば乾いてくるころだ。掛け時計の時報が鳴るか鳴らないかのうちに、祈りを捧《ささ》げ、昼食を始める。隆子が用意する和食は、豆類や根菜類が多かった。光世は朝食を摂《と》らない。昼までは、水も一滴も飲まない。そのほうが、二十歳ごろに悪くした膀胱《ぼうこう》に負担がかからず、排尿や痔《じ》にも影響が少ないからだ。

「うん。味噌《みそ》汁がうまい」

昼食でようやく飢餓感から解放された光世は、味噌汁にほーっとため息をつく。慈雨のように、温かい汁ものが身体にしみわたる。

「ミコさん、そこのお醤油《しょうゆ》とって」

その横で、綾子は納豆をくちゃくちゃくちゃとかき混ぜている。すかさず光世は、妻の口元を見とがめる。

「こら、こぼすな」

「何度も噛《か》みなさい」

「まだ一粒残っているじゃないか」

それでいて、ゆっくりと咀嚼《そしゃく》する綾子をよそに、自分は早めに食べ終えて食器を下げてしまう。

「……よし、あと二十分あるな」

綾子が味噌汁の最後の一滴を飲み干すころには、光世は二階に上がって座布団の位置を整えている。昼食後の短い時間を使って、たまっている手紙の束を整理するのだ。

ファンレターや悩み相談などの手紙は、毎日のように届いている。郵便物の量があまりにも多いので、三浦家では郵便受けは使わず、配達員がじかに手渡してくれていた。

受け取ると、まずは仕分け。光世が内容を読み、返信が必要なものとそうでないものとに分けていく。そして、返信が必要なものには、優先順位をつけていく。

綾子には読み上げて聞かせ、綾子自身で返信するものと、光世が代行筆記するものとに分ける。また、取り急ぎ返信の必要のない感想やファンレターも、寝る前などに綾子に読み聞かせてやる。

「『氷点』の高木はオレの亡兄がモデルだろう、証拠は揃《そろ》っている。モデル料を支払え、とまでは言わないが……」

「うわあ、何それ。キョーハク状みたいね」

「確か前にもモデル料がどう、とか……そうだ、この筆跡に見覚えがある」

「氷点」入選のころもそうだったが、今も必ずしも快い手紙ばかりではない。被害妄想にとらわれているものや、一方的に中傷する内容も減る様子はなかった。それでも、届いたものを捨てるという選択肢は光世にも綾子にもなく、気が付くと、段ボールがまた数個増えているのだった。

そして、午後一時の時報。満腹の綾子がラッコのように仰向《あおむ》けで休んでいると、二階から光世の声がする。

「さささささ、仕事、仕事」

「えー、もう少し待ってよ」

「仕事だ、仕事だ」

営林局時代の体内時計がずっと動いている光世にとって、昼食休憩は一時間と決まっていた。動かないと、光世は容赦なく、綾子を階段に引っ張っていくのだった。

「さささささ」

そんな口調は、綾子への応援歌のようでもあった。

8

ベストセラー作家の妻と、それに伴走する夫――新婚当初は、そんな生活を送ることなど二人とも想像さえしていなかった。

一九五九年初夏。茜《あかね》さす夕方。光世と綾子が牛朱別《うしゅべつ》川の堤防を散歩していると、近所の子どもが四、五人ついてきた。

「あららら、膝小僧すりむいちゃって、痛くない？」

かつては小学校の先生だったこともあり、綾子は子どもの心をつかむのがうまい。いつの間にか、その子らの妹や弟も合流してくる。

夕焼《ゆうやけ》、小焼の、あかとんぼ、

負われて見たのは、いつの日か。

光世が朗々と歌い出し、綾子はうっとりと聴き惚《ほ》れる。職場の宴会でも歌を所望されるほど、光世は発声も音程も申し分ない。振り向くと、子どもたちも口々に「赤とんぼ」を歌い出している。

十五で、姐《ねえ》やは、嫁にゆき、
お里の、たよりも、たえはてた。

夕陽《ゆうひ》の中の大合唱。そんなゆったりとしたひとときは、新婚夫婦の楽しみの一つでもあった。
「ねえやは十五どころか、三十七でヨメに行きましたけどねえ」
三十七歳の新婦と三十五歳の新郎という、遅い結婚だった。どちらも病弱で周囲の心配は尽きなかったが、ふたを開ければ、家庭は笑い声であふれていた。光世は意外にも芸達者で、動物や人の声まね、顔まねがうまい。日曜学校で子らを相手に話をするうちに上達したようだ。
たとえば、ハリウッド映画「エデンの東」の再上映を見に行ったとき。「キャル」という愛称の主役を演じたジェームス・ディーンは、父親からの愛に飢えた役柄で、光世も綾子もその演技にすっかり魅了された。眉間に軽くしわを寄せ、上目遣いに大人を見るような目の演技。青年の孤独や苦悩が凝縮されたその表情は、二十四歳の若さで事故死した俳優を決定的に印象づけた。

その夜。布団の中で本を読んでいた綾子に、光世が声を掛けた。

「綾子」

「なあに、ミコ。もったいつけて」

光世はうつ伏せになって布団をかぶったままである。

「なんなの、ミコさん」

思い立って布団をがばっと剥《は》いだ綾子は、瞬間、かたまってしまった。そこに、あの悲しげな青年の顔があり、じっと綾子を見つめているのだ。

「……ジ、ジェームス・ディーン？」

「『キャル』とお呼び」

二度見してもそっくりな、巧みな表情。

「ミッコ、わかった、わかった。うまいからもう、やめて」

ディーン光世の顔芸に、笑いをこらえきれないまま、とうとう綾子は降参するのだった。


夜ふかしが好きで朝が苦手な綾子に比べ、光世は決まった時間にきちんと目覚める。寝ぼけまなこの綾子を起こしながら、二人で布団を片付けるのが日課だった。

新婚時は、九畳ひと間と台所四畳の小さな家に寝起きしていた。冬の旭川では、敷布団も掛け布団もそれぞれ二枚ずつ必要で、畳《たた》んで片付けるのはけっこうな重労働でもある。

その日、出張のため、光世はいつもよりも早めに目覚めていた。綾子を気遣い、音をなるべく立てずに顔を洗う。

ところが、水の音を察して綾子が目覚めた。そして、光世が横にいないことを確かめると、いつもはしない労働を一人でやってみた。

「よっこらしょ」

光世が戻ってくる前に、一気に布団を片付けようと、膝を伸ばし、腕を伸ばす。そんな動きに気が付いた光世は、前髪を整えながら戻って来た。

「なんだ綾子、一人で布団を上げたのか。めんこい、めんこい」

ご褒美、と光世はぎゅっと綾子を抱きしめ、髪をなでてやる。

そして――。

光世の顔が、急に昨夜のジェームス・ディーンの憂い顔に変わり、綾子は飛び上がる。

「……きゃっ！」

ディーン光世は、ふっと光世に戻る。

「おはよう、めんこい綾子」

9

大きなクルミの木がある新婚の家で、綾子は慣れない家事にいそしんでいる。

「おいもさん、おいもさーん」

二人で暮らし始めると、食べ物の好みが次第にわかってくる。光世は、里いもやさつまいもが好きで、おでんでも里いもが入っていると喜んだ。そんな夫の笑顔を思いながら、鍋の木のフタをまな板がわりに使い、いもを切っていく。

食後、光世は必ず甘いものか果物を食べることもわかってきた。うっかり果物を切らすと、光世がオートバイを走らせて買いに出ることもあるので、綾子も十分気をつけるようにしている。

果物の中でも、光世が好んだのはリンゴである。道東の山村、滝上村で過ごした少年期、周囲はリンゴ園であり、その思い出も重なっているらしい。

皮をむくのはいつも光世だった。綾子が脊椎カリエスで臥《ね》ていたときも、光世は慣れた手付きでリンゴの皮をむいて食べさせてくれた。

「ミッコは、我が家のリンゴ担当大臣？」

ある日、光世がこんな短歌を作った。


リンゴ二つ妻の持ちくれば当然のごとく大きな方を吾《われ》が取る

それを読んで、綾子はいたずらを思いついた。夕食後、大小二つのリンゴを並べ、あえて大きなほうに手を出してみたのだ。

「こっち、いただくわね。当然のごとく大きなほうを『妻が』取る、なんて」

光世は不意を打たれ、押し黙ってしまった。眉間にはしわが寄っている。息を呑《の》み、何かを考えているようだ。

「……え、ミコさん？」

今まで見たことのない光世の不機嫌そうな表情を、綾子は上目遣いに見る。

すると、光世が低い声を発した。

「……ヤコブの手紙、一章二十節」

いつか共に読んだ聖書の言葉を、綾子はおそるおそる口にした。

「ヤコブの、えーと、〈人の怒りは、神の義を全うするものではない〉かしら」

「そうだ。……子どものころなら、きっと怒ってリンゴを取り返していただろうなあ」

いつしか眉間のしわも消え、光世は柔和な笑顔に戻っている。綾子は胸をなでおろした。

「前に話しただろう、小学生のころ、同級生から『三浦はすぐ怒るからな』とよく言われていたって」

意外にも子どものころの光世は短気で、ちょっとしたことでも立腹していた。その後病を経《へ》て、聖書を読むようになり、少しずつ穏やかな性格に変わっていったという。そんな過去を確認した「リンゴ事件」であった。

事件と言えば、「紅ショウガ事件」なるものもある。

「行ってらっしゃい」

毎朝、綾子は光世の姿が見えなくなるまで手を振って見送ることにしている。弁当も体調の許すかぎり作るが、肩こりがひどいときには無理はしないという約束があった。

弁当には、いつもちょっとしたメモが添えられていた。

みこさん
ごくろうさん。
あんまり上手じゃないけれど
久しぶりの綾子のおべんとうを
どうか召上《めしあが》ってね。
心一ぱいのすまなさと感謝で。
綾子

風邪引かないでね
寝不足させて　ごめんなさいね

営林署での昼休み、光世は弁当箱のフタを開け、何かが内側にくっついていることに気がついた。

「ん？」

紅ショウガである。フタの内側と、ご飯の赤くなっている部分とを解読してみると——。

「お元気で」

ご飯の上に、そんなかたちの赤い痕跡が残されている。

「こんなに手間ひまをかけて……ありがとう、綾子」

紅ショウガメッセージは、綾子が時折試みる遊びだったが、三回に一回は崩れて読めなくなっていた。そんなときは、光世探偵の出番である。描かれた文字を推理し、お礼を書いたメモを添えて綾子に手渡す。名探偵光世の推理にハズレはなく、未解決の「紅ショウガ事件」は、なかった。

10

叔母が来て子供は生めと言ひ行きしが子供生むなと兄は言ひ行く

「お子さんはいつ？」

結婚後、周囲からは何気《なにげ》なく、あるいは当然のように、そんな言葉を掛けられた。互いに三十代後半での初婚であり、周囲としては、産むならば早めに、と言いたいのだろう。けれども光世の兄だけは、身体の弱い二人には子どもを持つという選択肢は現実的ではない、とやさしく見守っていた。

「二人にはな、二人なりの生活があると思う」

そう、兄は言うのだ。

結婚式の夜、長い一日の疲れをいたわり、光世は綾子とくちづけも交わさずに眠りに就いた。指一本触れず、安らかに寝息を立てて初夜を終えたのだ。

新婚旅行は、四カ月ほど経《た》ってからのことだった。秋に層雲峡を訪れ、大雪山系黒岳の美しい紅葉を遠望。子どものことを話し合ったのは、この夜だった。

　この弱き妻が子を背負ふと思ふだに憐《あは》れにて子を願ふ心になれず

子どものいる生活は、望まない。その代わり、信仰を持って二人なりの生活を歩んでいこう――綾子は目を閉じたままうなずいたようだったが、言葉はなかった。

くちづけを交わし、ぎゅっと抱きしめてお互いを感じるだけで満たされる光世は、綾子の横で眠ることに、今まで以上の安らぎを感じていた。

（綾子の髪をなで、頭をぽんぽんとやさしくたたき、めんこいところは、ほめる。そんな生活が続けばいい）

「……」

秋も深まったある日。朝、光世は妙な寝汗を感じて目を覚ました。ありありと、綾子を抱いている夢を見たのだ。隣で眠る綾子は、長いまつ毛を動かすこともなく寝入っている。

その夜、寝床で日記をつけていた光世は、綾子に話し掛けた。

「今朝、妙な夢を見てね。久しぶりに寝汗が出たよ」

半身を反らし、綾子が甘えるように光世を見る。

「あら、どんな夢？」

「綾子の夢だった」

「本当？　私もミコさんの夢を見ていたわ」

かつて綾子が脊椎《せきつい》カリエスに苦しんでいたころ、光世は、綾子に死が訪れた夢を見て、みずからの寝汗に驚いたことを思い出した。今朝は、綾子を抱く夢であったのに、またひどい寝汗をかいていた。

（横にいる妻を抱かずに、夢の中で抱いているとは――）

「綾子を……抱いている夢だった」

綾子の黒い瞳が、まばたきもせず、光世に迫る。

「私も、ミコさんに抱かれた夢を見ていたの」

抱《いだ》かれて臥《ふ》しゐる夢を見しと云《い》ふあはれ吾《わ》が夢も汝《なれ》を抱きゐき

光世は、これまで思ったことのないようなあわれさにとらわれた。自分に対するあわれさか、綾子に対するあわれさかもわからなかった。

（綾子がもし、ほかの男性と結婚していたら、子どもを産んでいただろうか……？）

ふいに光世は、自分と出会う前の綾子が、心に決めていた人のことを思った。闘病中の綾子を支え、すさんでいた心を快復《かいふく》させた男性でもある。

前川正《ただし》。

その前川は、結核で早世していた。

写真で見ると、前川正は、顔立ちや目元が実によく光世に似ていた。しかもクリスチャンで、短歌も作っていたという共通点に、光世は親近感を抱いていた。

光世は、ワイシャツの胸ポケットに、いつも前川正の写真を入れている。前川正にバトンを手渡されて、綾子と生活していると考えていたからだ。

（女性は度し難いと思っていましたが、前川さん、本当に度し難いのは、私自身の存在なのでしょうか）

裏手にあるクルミの木から、一つ、二つ、実が落ちたような音が聞こえた。

11

光世が子どものいる生活を望まなかったのは、十代からの病歴によるところが大きかった。二十代半ばまではほぼ毎日が病との格闘の日々で、そもそも、結婚して家庭を持つという姿さえ思い描くことができない青春期を送っていたのである。

「せめて、一晩手洗いに立たず、一年休まずに勤務できたら、いつ死んでもいい――」

きれいに洗い終わったしびんを、母が光世の布団の傍《そば》に静かに置いていく。深夜の排尿は三度目だ。そのたび、母に世話になっていることが光世には心苦しかった。

肺結核で早世した父の遺伝か、幼いころから光世は体が弱かった。四歳ごろに高熱で右耳が悪くなり、続いてリンパ節結核で首に大きな腫れ物ができた。

道北の中頓別で伐木事業所の仕事についたのは、一九四〇年、十六歳のときだった。五歳上の兄が、知人に頼みこんでくれたのだ。海からは遠い山村に育ち、小学校高等科をおえただけで特別な資格はない。小柄な身体で先輩の後を追い、ササやぶの中を走り回って働いた。

翌年、上司に恵まれて中頓別営林署勤務が決まったが、ときを同じくして腎臓結核と診断された。幼児感染によるこの病は、正職員として働く門出にはつらいものであった。

「お母さん、また……」

ひどいときには血尿も出る。仕事にも支障が出るまでになっていた。時代は日中戦争のさ中だったが、光世にとって、戦争よりも、排尿の痛みは最大の関心事だった。

とうとう、右の腎臓の摘出を勧められるまでに悪化してしまった。頼りの兄は旭川の陸軍第七師団に入営中で、妹はおろおろと見守るばかり。

そんな中、母は付きっ切りで看病し、札幌での手術にも付き添った。

(ありがとう、いつも)

光世は、母への感謝を口にしようとするのだが、なぜか途中でくちびるが止まり、消えてしまう。母とは九年あまり離れて暮らしてきたので、素直に気持ちを出せなくなっていたのだ。

吾《われ》を抱き上げ柩《ひつぎ》の父を見せ給ひし若き日の母を思ふ今日しも

母は一時期、光世らを祖父母に預け、札幌などを転々としていた。夫に先立たれ、手に職をつけようと思い立ったのである。けれども幼い光世には、母の本意などはわかるはずもなかった。ただひたすら、置き去りにされたという寂しさだけが脳裏に刻まれていた。

腎臓摘出手術の入院中、六人部屋の床に寝起きしていた母は、深夜の看病もいとわなかった。

光世が合図をすれば、その都度しびんを手渡し、きれいに洗って戻してくれる。光世は、母の荒れた手をねぎらい感謝する言葉を、そのまま掛けられずにいた。

　腎臓の摘出は、二十歳の徴兵検査の結果に直結し、光世は丙種合格となった。「丙種」とは、合格とは言っても前線に出ることのない、銃後を守る国民兵となることである。その検査の年、旭川の営林署勤務が決まったことが、光世には唯一明るいニュースだった。森林主事の特別講習も受け、仕事が楽しくなってきたころ、ついに戦争も終わった。

　復員した兄と母と妹との穏やかな生活が始まる——はずが、今度は、膀胱《ぼうこう》結核が悪化してきた。

「……痛い！」

　腎臓結核の後遺症である。夜中にまた何度も手洗いのために起き、そのたび尿道と膀胱に激痛が走る。横たわるとさらに痛く、歩くことさえ難しくなってきた。

　結核菌は、腎臓や膀胱から、副睾丸《こうがん》、睾丸にまで感染するという。二十代になったばかりの光世の心は暗たんたる思いに包まれた。

（この身体は、男として女性を抱くなどできない身体なのではないか？）

　兄も母も妹も、生活費を削って光世の医療費にあてて看病に明け暮れた。その済まなさと、拷問《ごうもん》のような激痛の連続に、光世は絶望の淵《ふち》に追い込まれていった。

「この痛みから解放されるには、自殺しか、ないのかな」

　自殺という言葉を口にしたとき、兄はあわれむような目を向けた。

「何を言う、光世。この世界には愛というものがあるんだよ」

兄の言葉が、光世の耳を撃《う》った。

(愛……?)

視野にぼんやりと、母が持っていた聖書が映った。光世の回復を祈り、母が、そして兄が、日曜には教会に行くようになっていた。

(なんだろう、愛とは)

光世が信仰へと導かれたのは、このときである。

12

光世の膀胱《ぼうこう》結核の治療は四年近くにも及んだ。膀胱洗浄をすると小康状態は保てるのだが、数カ月するとぶり返し、長期欠勤を強いられた。しばらく使わずに済んでいたしびんも、また布団の横に置くようになった。

そのころになって、ようやく光世は、母に対してきちんと気持ちを伝えられるようになった。

「……ありがとう、お母さん」

思えば、こんなに母と一緒に過ごした時間など、幼少期にはなかった。欠勤、復帰、再び長期欠勤のくり返しの中、母のやさしさだけが心の拠《よ》りどころになっていたのだった。

他方、光世は精神的な苦痛におそわれることもあった。馴染《なじ》みの泌尿器科に行った日のことである。医院を出た光世は、ふと、若い女性の視線に気がついた。

（え？）

誰かはわからなかった。けれども、女性のほうは光世を知っているようだった。横目で光世に冷ややかな一瞥《いちべつ》を与えると、カツンとヒールを鳴らし、足早に去っていく。

（あの日は、もしかすると……）

光世は瞬時に、その冷ややかな一瞥の意味を理解した。その医院には、性病患者も少なくなかったのだ。

（疑われたのか）

とたんに光世の頬《ほお》に赤みがさした。

徴兵検査の会場で、性病とわかり、軍医から執拗《しつよう》に怒鳴られていた男を思い出す。色街で遊んでいるような顔つきではなく、純朴で、いかにも農家の三男といった風貌だった。

やるせなかった。

光世はひたすら、痛みと治療の恥ずかしさに耐えているだけだ。蔑《さげす》まれたり、憐《あわ》れまれたりする理由は一切ない。にもかかわらず、若い女性から一方的に蔑みの視線を向けられたことが、屈辱的だった。

そんなこともあって、光世はうつうつとするようになり、眠れない夜を将棋の時間にあてるようになった。中頓別時代に先輩から教わった詰め将棋は、一人でも集中できる。夕刊の詰め将棋に挑み、ラジオ将棋に耳を澄まし、当直日には同僚と将棋を楽しんだ。十代から書き出した日記は、いつしか、将棋の感想ばかりになっている。

そんな中迎えた二十七歳の誕生日の翌日に、光世はこんな短歌を作った。

　友ら皆めとり我《われ》のみめとらずと詠みてし子規が心偲《しの》ばゆ

　正岡子規の歌集の中に、琴線に触れる一連を見つけたことがきっかけだった。俳句の弟子の新婚を祝福した歌である。

　米なくば共にかつゑん魚あらば片身《かたみ》分けんと此妹此背《このいもこのせ》　　正岡子規
　よき妻を君は娶《めと》りぬ妻はあれど殊《こと》にかなひぬ君が妻　君に

　食べるものがないときは共に飢え、魚があれば半分ずつ分けて支え合う、良き関係の夫婦。世の中に「妻」なる人はたくさんいるが、とくに君の妻は、君にぴったり叶《かな》った女性だね、とほめた歌である。

　独身のまま病死した子規は、どのような思いでこの歌を作ったのだろう――。そろそろ兄が結婚するので、光世にも、「娶《めと》る」という言葉は身近になってきていた。

　幸い、身体には快復《かいふく》の兆しが見えていた。結核の特効薬ストレプトマイシンの効果は劇的で、しかも、保険適用の薬剤となったので、母や兄の負担も少しずつ楽になっていった。

　一九五五年五月。戦後十年目にして、旭川は神居村と江丹別村を編入合併し、いっそう大きな街になっていた。朝のうち曇っていた空も、植樹を終えたころにはうららかな春陽に変わっている。

「花見だな、こりゃ」

営林署の上司も若手も、好天を見上げながら目を細め、サクラやツツジの花を愛《め》でている。同僚たちのそんな笑顔を思い出しながら、光世は一人、駅で列車を待っていた。植樹に行ったメンバーと別れ、これから江丹別に向かうのだ。

午後三時四十分発。

(本当に感謝だ)

宿泊を伴う出張は久しぶりだった。激痛に苦しめられた夜々を思うと、光世は今、ここまで快復できたことに感謝せずにはいられない。

深呼吸をする。レンギョウもコブシも、目にまぶしい。

13

営林署会計係の光世が出張するのは、給料を手渡すためである。多額の現金を持って移動するので、仕事が終わると、とたんに緊張が解ける。

「三浦くん、しばらく! 元気そうだな」

「はい、おかげさまで」

数年ぶりの江丹別の宿舎には、他の営林署員も泊まっていた。顔見知りがいるだけでいっそう気持ちも安らぐ。

四人以上が集まればいつもマージャンが始まるのだが、光世は、その傍《そば》で将棋の本を開くだけだ。牌《ぱい》の音は、光世にはBGMである。

マージャン卓の話題は、いつしか人事に及んでいる。誰がどうした、どこに転勤になった、あいつは結婚して、あいつはもう離婚した、云々《うんぬん》。

「三浦くんもそろそろかい？」

「いえ、私は……」

そのとき三十一歳で、独身。マージャンもせず、酒もタバコものまず、日曜には教会に行くという光世には、他の若い男性とは違う存在感があった。

昼休みには簿記の試験勉強にいそしみ、夜学では複式簿記や会計学を学んでいる。書道も習い、署長の手紙の清書や、表彰状の名前入れも頼まれるようになっている。ストイックに働くそんな光世を、熱く見つめる女性職員もいた。

さりげなく上司が見合い話を持ち出したことも何度かあったが、そのたびに、光世は丁寧に言葉を選んで断っている。


屋上より燃ゆるカンナを見おろしぬ女子事務員に少し離れゐて

異性との適度な距離が、光世には必要だった。身体的にも精神的にも適度な距離が。聖書を読み、将棋の駒を丁寧に手入れするような心地よさを阻《はば》まない、そんな関係を保つことのできる異性とは、まだ巡り合っていなかった。

（やっかいだな、女性は）

信仰の友からのはがきを受け取ったときも、光世が率直に抱いたのはそんな思いだった。近くで療養する人を見舞ってくれないか、という文面で、ある女性の名前が書かれていた。

堀田綾子。

（確か、独身の療養者のはずだ）

一九五五年五月。療養者などのクリスチャンの交友誌「いちじく」を編集する菅原豊からのはがきだった。

菅原は札幌市に住む結核療養者で、こまめに雑誌を発行していた。その丁寧な編集もあって、「いちじく」は、全国の療養者や、快復《かいふく》した人々に読まれており、牧師や死刑囚らの手にも渡っていた。光世はそこに短歌や短信などを寄せていたが、旭川からのもう一人の投稿者が「堀田綾子」だった。

投稿の内容から、堀田綾子が十年近く闘病し、今なお自宅療養中ということがうかがい知れた。闘病の苦しみを熟知している光世は、誌面を通して「同じ旭川にすんでいながら、どこにいらっしゃるかもわかりません堀田綾子様、何卒お体を大事にご活躍ください」と励ましの言葉を寄せた。すると、菅原から思いがけず、

「堀田綾子さんを、見舞ってあげてください」

と、その住所を教えられたのだ。

菅原は「光世」を、名前から女性だと思い込んでいた。同じ市内に住む女性同士、励ましあっ

てはどうか、という心遣いである。菅原の気持ちはありがたいものだったが、光世の気は重かった。見ず知らずの男が、ベッドに臥《ふ》す女性を訪ねていって良いのだろうかと、ためらわれたのだ。ちょうど出張も重なり、はがきが届いてから二週間以上も経《た》ってしまった。けれども、この住所なら、と光世は思い直した。はがきに書かれていた住所は、七条通にあった勤め先の営林署に近いものだった。しかも、実際何度も自転車で通っている一角であり、「近いのでついでに寄った」という言い訳ができる。

（同じ旭川で、長く結核で闘病している人だ。聖書を読んでいる仲間なのだから、あまり深く考えないようにしよう）

久しぶりに定時で帰宅できた夜、光世は、翌日に堀田綾子を見舞うことを決めた。そして、夕食の親子丼をおかわりしながら、心の日めくりカレンダーをそっとめくってみたのだった。

14

一九五五年六月十八日。朝、身支度をしながら光世が鼻歌を歌う。鼻歌はしだいに、朗々とした歌声に変わっていく。

幼馴染《おさななじみ》の　あの友この友
ああ誰《たれ》か故郷《こきょう》を　想《おも》わざる

光世の歌いぶりが歌手の霧島昇に似ているので、弁当を詰める母の手も止まってしまう。

「うまいもんだねえ、光世は歌手にもなれるね」

「本当にいい声。光世さんは讃美歌《さんびか》もとても上手だし」

義姉も感心しながら、幼い娘をあやす。そろそろ四カ月だ。

平穏な三浦家の朝。同居の兄夫婦に子どもが生まれ、近くに住む妹夫婦も二児に恵まれていた。

さわやかに晴れた土曜日だ。光世は定時の午前いっぱい働いたうえに、午後二時まで残業した。そして、「いちじく」発行人の菅原豊からのはがきを胸に、意を決して堀田家を訪ねてみた。

（一度だけでいいんだ）

せっかくの菅原の気持ちを無駄にしてはならない。立ち寄ってみて、拒否されたときは、そのまま帰ればいい。

堀田家は一戸建ての平屋で、通りに沿って出窓があった。開放的な玄関で人の良さそうな母親が迎えてくれて、光世の緊張は和らいだ。

「さあ、奥へどうぞ」

茶の間の奥の六畳間に案内される。高めのベッドに横たわる女性の姿が見えた。肩から首まで固定され、仰向《あおむ》けのままだ。

「ミウラさん、ですね」

澄んだ声。薄暗い部屋の真ん中に、二つの黒い瞳が見えた。今の声は、あの大きな瞳が発したのではないか、そんなことを光世は感じた。

これが、三浦光世と堀田綾子の初めての出逢《であ》いだった。

つん、と鼻をつく消毒液の匂い。クレゾールだ。

「感謝します。もう十年近く病んでいて、ここ数年はこんな状態なんです」

語尾をのばすことなく、きっぱりと述べる綾子の口調が印象的だった。

案内してくれた母親の足音は遠のき、廊下には物音もない。光世は、グレーの背広の中に汗がひとすじ流れたのを感じた。

「脊椎《せきつい》カリエスといって、ベッドに固定されて、寝ているだけの病気なの」

「たいへんですね。正岡子規も、確か同じ病だったかと……」

光世ははっとして、言葉を呑《の》んだ。子規は脊椎カリエスのため三十四歳で早世した。不吉なことを口にしたかと案じたが、綾子は、気にしたそぶりも見せなかった。

「正岡子規？　そうね、歩けなくて寝返りも打てないのは私も一緒。子規の短歌、好きだわ」

斜め上から覗《のぞ》く光世の目に、綾子の黒い瞳がいっそう漆黒を帯びて映った。顔はむくんでいるが、瞳は美しい。

「三浦さんの名前、『いちじく』でよく見かけていました。ペンフレンドが多いんですって？確か獄中にも」

「ええ、東京にいる死刑囚と文通をしていて、『いちじく』も、その人から紹介されたんです」

「私も全国の療養者や、死刑囚と文通しているの。神奈川県の元ヤクザって人も、今では熱心なキリスト者で。それにしても……」

急に綾子が話を止めた。

「……はい？」

思わず光世がベッドに一歩近寄る。すると、笑い声が響いた。

「あははは」

仰向けのまま、天井に向かって幼子《おさなご》のような笑いを響かせる綾子。ひとしきり笑うと、その黒い瞳はさらに輝きを見せた。

「ごめんなさい。三浦さんの投稿は死刑囚へのメッセージが多いから、旭川刑務所の中の人だ、と思い込んでいたの」

自分は受刑者だと思われていたのか、そんな壮大な勘違いに、光世も笑い出したくなった。

「そうでしたか。ええ、菅原さんからの紹介もあって、五、六人の受刑者に慰めの手紙を書いています」

光世は清潔な笑みを浮かべた。綾子は、少し不揃《ふぞろ》いの前髪を揺らし、光世に額を向けた。

「三浦さんの短歌だったかしら、受刑者への励ましを書いたもの」

「そうかもしれません。……短歌と言えば、堀田さんの短歌も『いちじく』で読みましたよ」

短歌、と発音したとたん、ふいに光世の脳裏に、数年前読んだ正岡子規の歌が浮かんだ。

よき妻を君は娶《めと》り ぬ妻はあれど殊《こと》にかなひぬ君が妻　君に　　正岡子規

一瞬目が泳いだ光世の顔を、綾子はじっと見つめていた。

15

「それで、お勤めはどちら？」

「ケイムショ、ではありませんよ」

今度は光世が軽く微笑《ほほえ》みかけた。白い歯が見える。

「営林署です」

「まあ、ここから近いのね」

「はい、それで寄ったんです」

綾子のベッドの近くには、聖書や小箱、雑誌などが置いてある。それが手の届く範囲なのだろう。光世は、小さな寄せ書きに目をとめた。

「『堀田先生へ』——先生をされていたのですね？」

「これ？　そう、戦争中の七年間、小学校に勤めていたの。あのころの子どもたちも、今じゃ立派な社会人です」

「思いのこもった字ですね」

「一人ひとり、顔も名前もちゃんと覚えています。あ……」

光世を見返した綾子が、一瞬、息を吞《の》んだ。その瞳の先に、他の誰かの姿が映っているようでもあった。

言葉を吞み込んだ綾子の代わりに、光世は話を継ぐ。

「ご飯も、ここで食べるのですか」

「……ええ、お盆を胸の上に置いてもらって。牛乳は自分でこうやって飲むのよ。三年もこんな寝たきりだと、母にも済まなくて」

　牛乳びんを顔の少し上で傾けて、注ぎ飲むという。そんなしぐさが堂に入っていることに、光世はある感情が芽生えていくのを感じていた。

　さりげなく、光世は視線を下にずらした。ベッドの下にはしびんが置いてあるのだろう。あの母親が、それを洗って戻すのだ。

「お母様はやさしい方ですね。お会いしたとき、すぐにそう思いましたよ。私も腎臓と膀胱《ぼうこう》を病んで、母には本当に苦労をかけました」

「まあ……たいへんでしたわね」

　年上らしい、情のこもったまなざしを綾子は向けた。

「腎臓をやったときは、手術しましてね。今は片方、腎臓がないんです」

「そうなんですか」

「ですが、母や兄たちの励ましと、ストレプトマイシンのおかげで、こんなに快復《かいふく》しました」

「お喜びでしょう、お母様も」

　見上げる綾子の瞳の先に、やはり他の誰かの姿が映っているのを、光世ははっきりと感じとった。

　そのときだ。綾子の唇が動いた。

「三浦さん。あなたに、似ている人がいたんです」

綾子の言葉は過去形だった。クレゾールの匂いが、いっそう強く感じられる。

「似ている人が、いたのですか」

オウム返しをすると、綾子はまた幼子《おさなご》のような笑い声を上げた。

「あははは。そんなに驚かないでください」

初対面とは思われないような綾子の明るい返しは、光世の心を軽くした。二人の視線が交わる。

「私の大切な人に、似ているんです」

「大切な人、ですか……」


翌々日、光世のもとに綾子からお礼のはがきが届いた。思いのほか、少し太いペンの字で、筆圧もしっかりしている。枕元の書見台で、臥《ね》たまま本を読むと聞いたが、この手紙もあのギプスベッドの上で臥たままに書いたのだろうか。

光世は知らず、その文字の上を指でなぞっていた。

(私の大切な人に、似ているんです)

あの日の綾子の言葉が、光世の耳にまだ残っている。綾子の黒々とした瞳と、良く通るはっきりした声は、光世に忘れがたい印象を与えていた。

「またお訪ねくださいますよう」

はがきの最後に追伸が添えられている。次の見舞いのときには、その「大切な人」のことを話してくれるのだろうか。夜、消灯した後も、光世はすぐには寝つけなかった。

しばらく多忙な日々が続いた。金庫を預かる光世にとって、俸給日は嵐のような一日だ。銀行から現金を引き出して支払いの準備にあたり、領収書の整理もする。土曜日も定時では帰れず、記帳は持ち帰って自宅で行う。その合間に、簿記の勉強等々。

生命保険を勧めに来た外交員は、光世にいつもこう声をかける。

「仕事漬けの三浦さん、あなた、恋愛でもしてみたら？」

赤ペンのインクが、ふいににじんだ。

（恋愛……？）

16

二週間以上経《た》って、ようやく二度目の見舞いが実現できた。雨の日曜日の午後。光世は、開襟シャツ姿で堀田家を訪れた。

綾子の部屋は、相変わらずクレゾールの匂いが漂っている。けれども、前回と違って綾子の漆黒の瞳がうるんでいるのを、光世は見落とさなかった。

「……もしかして、今日は体調が良くないのでは？」

光世の心配そうな声に、綾子は軽く目を閉じる。

「いいえ、嬉《うれ》しいんです。……良かった、幻じゃなかったのね」

「え？」

「この前の三浦さんは、私の幻覚かと思っていたの。だから、嬉しい」

布団から覗《のぞ》き見える綾子の首筋は、少し上気している。のどから鎖骨にいたる線が美しい。光世はどぎまぎして目をそらした。

布団の近くには、小箱や雑誌が無造作に積まれている。綾子はそこから、「アララギ」を取り上げた。

「私、この会員なの。三浦さんも読んでみません？」

「アララギ」は、斎藤茂吉や島木赤彦、土屋文明らを輩出した東京の短歌雑誌である。光世は、その存在は知っていたが、今まで実物を手にしたことはなかった。

光世が大切そうに「アララギ」を手に取るのを確かめ、綾子は、枕元の写真立てを指さした。

「私に短歌を作ることを勧めてくれたのが、この人です」

綾子の指の先の写真に、光世は目を奪われた。涼しげな目元、少し厚めの唇、柔和な微笑《ほほえ》み――そこに写った男性の顔が、あまりにも自分とよく似ているのだ。

「大切な人というのは……」

「ええ、この人。前川正さん。昨年亡くなりました」

「前川正さん、ですか」

綾子の家を辞すと、雨はやんでいた。水たまりに一瞬虹のような光が映り、そこに、前川正の顔が重なったような気がした。

（似ている……）

一年前に病死したという、綾子が慕う人。光世は、マエカワタダシというその名前を、もう一度口の中で繰り返した。

前回綾子を見舞ったとき、息を呑《の》んで光世の顔に見入った綾子の瞳が、あらためて思われた。綾子は、光世の顔を通して、前川正を見つめていたのだ。

「北大医学部の学生で、二歳年上の幼なじみでした」

光世は初めて綾子の年齢を知った。前川正は綾子の二歳上、光世は、綾子より二歳下だった。

前川正の写った何枚かの写真も、綾子は見せてくれた。結核療養者の集まりで再会したこと、短歌の指導、共に読んだ聖句の数々など。

「正さんが『伝道の書』を読め、と勧めなかったら、私、聖書を真面目になんて読まなかったかもしれない」

「伝道の書」と聞いて、光世の記憶が呼び覚まされる。

「『空《くう》の空《くう》』で始まる、旧約聖書の一書ですね」

天井を見つめて、綾子が復唱した。

「そう、『空の空、空の空なるかな。すべて空なり。』――私の虚無を、正さんは見抜いて、そこから連れ出してくれたんです」

光世も、闘病中に惹《ひ》きつけられたのが「伝道の書」の一節だった。自分が感銘を受けたその一節を前川正という人が綾子に伝え、信仰に導いたとは、心にしみる話だった。

前川が医学生だったことも、光世には強く印象に残った。自分の病状の進行や、綾子の快復《かいふく》の可能性などもおおよそは把握していながら、励ましていたのだろう。

　オホーツクの流氷輝くを見て来しと云《い》ふ病みて十二年吾《われ》は海を見ず　　前川正

満三十三歳で逝《い》ったという。その間、十二年も海を見ることもできず、いつか来る死を思いながら、恋心を抱く女性に生きる意味と希望を与えていたのだ。

(堀田さんを生かし、先に旅立った前川さん……)

帰宅した光世は、ふいに自転車にまたがった。夕陽《ゆうひ》に向かって、自転車を走らせる。

雨上がりの石狩川に映る夕陽。過ぎゆくバス停。郵便局。

風。

光世は、いくつかの点が、少しずつ線につながっていくような不思議な感覚にとらわれていた。

(前川正さんと堀田綾子さん)

堀田綾子、結核、療養、死刑囚、しびん、母の愛、自分とそっくりな前川正の顔、「空の空」

――

前川正が「アララギ」で短歌を作っていたことも、不思議な接点だった。

(前川正さんと堀田綾子さんと、私)

(堀田綾子さんと、私――)

17

旭川は、七月らしい暑さになっていた。

日曜日。早めに目を覚ました光世は、髪を切り、コテで整髪してもらって理容室を出た。

なぜだろう。この前写真を見ただけなのに、前川正の存在が光世の脳裏から離れない。肉親のような、親友のような、いや、もっと何か貴い存在のようにも感じられる。

通りを、子どもたちが無邪気に笑い過ぎてゆく。天使のような笑顔というたとえを光世はあまり好まなかったが、この日は、その比喩がじかにしみ込んでくるようだった。

（天使のような――）

光世は、ふと、綾子から聞いた前川正の実家の辺りに行ってみたくなった。訪ねても前川正はもういない。けれども、せめて前川正にまつわる空気だけでも取り込んでみたかった。

そんな思いと共に、炎天下、自転車を走らせる。ペダルを踏む足にも力がこもる。

前川家は、意外なほどすぐに見つかった。堀田家のある九条通りを東へ、それほど遠くない距離でもあった。

（有望な長男に先立たれて、ご家族の心痛もさぞ……）

ノックをする。

応答なし。

声をかける。

応答はなし。

前川の家人は不在であった。

（けれどもこれは、拒否ではない）

光世は、天上からのあたたかなまなざしを感じとっていた。まだ、その「とき」ではないだけだ。そう光世は自分に言い聞かせた。

思えば、前川正はおろか、堀田綾子という人のことさえ、光世は知り始めたばかりである。

（いつか、その「とき」が、訪れるのだろう）

牛朱別《うしゅべつ》川沿いに自転車で引き返すうちに、朝整えた前髪が、はらりとひとすじ垂れてきた。のち、綾子はこのような歌を作っている。

前髪の垂るれば忽《たちま》ち亡き君によく似る君を吾《われ》は愛しぬ　　綾子

亡き前川正に、「前髪」を垂らした光世は実によく似ていたのだ。

昨夜綾子から、前川正への思いを託した短歌ノートが送られてきていた。けれども、出張帰りで疲れ切っていた光世は、封を開けただけでたちまち寝入ってしまった。

今晩こそは読もうと、光世は正座をしてページを繰る。

ギプスベッドの上で、仰向《あおむ》けのまま書いたのだろう、綾子の文字は時折乱れていた。

ページをめくっていくと、綾子が前川正の死に際して作った挽歌《ばんか》の一連が現れた。光世ははっとした。

クリスチャンの倫理に生きて童貞のままに逝《ゆ》きたり三十五歳なりき　綾子

満三十三、数えでは三十五歳。童貞のまま、子をなさずに逝く男の生というものを、光世はいつも自分のものとして思い描いてきた。

（前川さんは、意志的に童貞を貫いたのだろうか……）

性愛を伴わない愛というものを、光世は信じたいと思っていた。そんな光世に、前川正の存在が、いっそう近く感じられる。

前川正と綾子は、五、六年の間に、一千通にものぼる手紙を交わしていたという。精神的に、どれほど二人は支え合い、結び付いていたのか——そのような愛のあり方に、光世は震えるような思いでもあった。

雲ひとつ流るる五月の空を見れば君逝きしとは信じがたし　綾子
闇中に眼《まなこ》ひらきて吾の居りひょっとして亡き君が現はれてくるかも知れず
妻の如く想《おも》ふと吾を抱きくれし君よ君よ還り来よ天の国より

これらの挽歌に、光世は衝撃を受けた。

痛切、哀切。

慟哭《どうこく》。

美を包含した、命の炎の凝縮が、そこにはあった。

光世はただただ、打たれていた。今まで体験したことがないほどの心の動かされようだった。肉体の愛で結ばれたことがないにもかかわらず、このような挽歌を作らせた前川正という人に、光世は心を奪われた。

（この人が、あれほどまで自分に似ているとは……）

前川正という存在をもっと知りたい、と光世は強く感じた。

18

八月。酷暑。

額ににじむ汗をぬぐおうともせず、光世は、前川正の短歌に何度も目を通していた。

窓硝子《がらす》吹雪に鳴れる夜なりけり寂しき今は汝《なれ》に逢《あ》ひたし　前川正
ギプスベッドの凹《くぼ》みはありありと汝が裸身乾《ほ》しある見れば心ゆらぎぬ

歌われた「汝」が綾子であることに、疑いの余地もない。前川の肺結核の病状は思わしくなく、ひゅうひゅう、ぜいぜいという呼吸音を気にしていたという。その苦しい喘鳴《ぜいめい》と、真冬の吹雪に揺れる窓ガラスの音が、いっそう綾子への恋しい思いにつながったのだろう。「寂しき今は汝に逢ひたし」という率直すぎる下の句も、光世には理解ができた。

二首目は、光世の頬《ほお》を赤らめさせた。「ギプスベッドの凹み」から綾子の「裸身」を想像し、しかもその裸身を「乾し」ていると表現するなど、光世にはまったくない発想だった。

（前川さんが生きていれば、自分などは出る幕もなかっただろう）


その月の終わりごろ、光世は再び前川家の玄関先に立った。自転車を駐《と》め、額の汗をぬぐう。前髪が、ひとすじ垂れていた。

ノックをし、来訪を告げる。

奥から女性の声が聞こえ、スリッパの音が近づいてきた。

「はい、どちらさまでしょう」

「初めまして、三浦光世と申します」

名前を告げると、引き戸が静かに開かれた。

前川正の母である。光世の顔を見て、母親ははっと口に手を当てた。

「あなたは……」

「突然の訪問をどうぞお許しください。堀田綾子さんから、正さんのお話をうかがいました」

「まあ、堀田さんをご存じなのですね」

母親の目に親しみの色が浮かんだ。

「はい。堀田さんから、正さんの短歌を読ませていただき……」

光世がこれまでの経緯を話すと、思い出したように、前川の母が状差しのほうを見やった。

「そういえば堀田さんから、何日か前におはがきがありました。正の短歌に感動した人がいます、と。……あなただったのね」

《きみだね》

母親の声が、天上からの声と重なる。光世は、自分の顔を仰ぎ見る母親の目の中に、前川正の面影が映っていることを感じた。

「どうぞ、お入りください」

うながされたとき、光世の耳に微風が走った。

《ようこそ》

それは、天上から吹いてきた風のような感触だった。

（ゆるされた――？）

前回訪れたときは、戸は閉ざされ、ノックに応じる気配もなかった。だが今は、こうして入室を許可されている。

（「とき」が、訪れたのかもしれない）

前川正の遺影に手を合わせる。

祈りを捧《ささ》げながら光世が遺影の前に正座していると、麦茶がそっと横に差し出された。

「……あなたは、正より年下かしら」

母親は、遺影と光世の顔を見比べるように話し始める。

「はい」

「正の弟くらいね。……失礼だったらごめんなさい、似ていますね、正に」

「堀田さんにもそう言われました」

「そう……。正と堀田さんとは、手紙のやりとりが多くて、一日に二通も三通も届いたことがありました」

光世は遺影から目をそらす。自分にも、綾子からのはがきが一日に二枚届くことがあったのだ。

「でも……私たちあての遺言書に、はっきりと書いてありましたよ。『決して、綾ちゃんとは、やましいことはありませんでしたから、その点は御安心下さい』と」

光世は、目を閉じ、うべなった。

しばらく思い出話などを聞いたあと、光世は前川の遺品という短歌の本を借り受けた。心よりの礼を述べ、光世は再訪を約束する。

「また、お伺《うかが》いします」

《たのんだよ、綾子を――》

前川の声が光世に届いた。このとき、前川正と堀田綾子、そして、三浦光世の三人がつながった。

そのことを告げたくて、光世は堀田家に自転車を向ける。綾子の黒い瞳に向かって、自転車のペダルは漕《こ》ぎ出された。

19

「綾子より十一枚のレター。熱情うれし」

日記にそう書きつけ、光世はこれまでの綾子からの手紙を押し入れの奥にそっとしまった。仕事に対するねぎらい、体調への気遣い、短歌の感想など、綾子の手紙はいつも慈しみに満ちている。光世が泊まりで出張すると、その出張先にも手紙が届く。帰りの列車でそれを読み返すことが、今では光世の楽しみにもなっていた。

光世は折々、綾子への手紙の最後に、「コリントの信徒への手紙一の十六の二十（の後半）を贈ります」のように聖書の箇所を書き添えた。

受け取った綾子は、ベッドの上で聖書を開く。あった。

（あなたがたも、聖なるくちづけによって互いに挨拶《あいさつ》を交わしなさい）

光世からのくちづけが贈られてきたようで、綾子は身を熱くする。そして、返信の最後にこう書き加えた。

「テモテへの手紙二の四の二十一を、光世さんに贈ります」

光世も急いで、聖書のその部分を開く。

（冬になる前にぜひ来てください）

今すぐ会いたい、という意思表示だろう。心の距離は、これほどまでに近づいていた。

出逢《であ》いから一年半。綾子の体調には一進一退があり、時々は面会謝絶にもなる。そんな会えない時間を、手紙のやりとりが補っていた。いつからだろう、光世は日記の中で、「堀田さんからの手紙」ではなく、「綾子からの手紙」と書くようにもなっていた。

ちょうどそのころ、光世は旭川営林署から、監督官庁にあたる営林局に転任になっていた。通勤時間は延びるものの、以前のように土曜日も夜まで仕事ということは減った。

「これからは、土曜の午後に会いに行きます」

いつしか光世も、「見舞い」ではなく、「会う」と言い換えるようになっていた。

一九五七年。一月最初の土曜日は、五日だった。すでに仕事は始まっており、綾子からは、年賀状の代わりに長い、きれいに折りたたまれた手紙が届いていた。

(こんなに書いて、肩もこっただろうに……。お礼に、そして年賀に、プレゼントを贈ろう)

光世が選んだのは、日本画家川合玉堂の絵に合う、丸い額縁だった。詩情に満ちた玉堂の絵は、眺めるだけで心が穏やかになる。綾子は、ことのほか喜んだ。

「この一年、光世さんと、もっと一緒にいられますように」

綾子に言葉を返す前に、光世はくちづけし、そっと抱きしめる。

昨年末から、綾子のカリエスは奇跡的に癒え、首や半身を動かすこともできるほどになっていた。かつては唇を重ねる程度の軽いくちづけだったが、今日は違う。綾子の唇を何度も確かめながら、光世は、天上にも呼びかけていた。

(前川さん。このくちづけは、あなたの分です)

一週間後は、雪の多い土曜日だった。

「こんにちは、郵便配達です」

投函《とうかん》しそびれたはがきを持って、光世はベッドの横に腰掛けた。笑いながら綾子は受け取り、二人で声を合わせてコリントの信徒への手紙一の十六の二十を読み上げる。

「あなたがたも、聖なるくちづけによって互いに挨拶を交わしなさい」

綾子がくちづけを求めてくる。クレゾールの匂いも、もう気にはならない。〈聖なるくちづけ〉は、すでに前川からゆるされたものだと、光世は感じていた。

「光世さん」

帰り際。綾子がふいにギプスベッドから起き上がろうとし、光世はあわてた。

「あぶない！」

「大丈夫よ」

その瞬間。

ベッドの羽根布団がふわりとひるがえった。そして綾子は、白く細い両足を動かした。

「気をつけて！」

制する光世の両肩にもたれながら、綾子はゆっくりとベッドから両足を下ろした。はだしの白い指が、しっかりと着地する。

「昨日から、立つ練習をしているの」


タンポポが原に一面に咲いてゐるこの日の下に君立つは何時《いつ》

待とう。春の訪れを。

その「とき」が訪れることを。

光世は、待つことをゆるされたことが誇らしかった。

20

一九五七年二月。事は、義姉のひと言がきっかけだった。

「このごろ、光世さんの夢をよく見るわ。誰かがいるの、光世さんの横に。そして、結婚が決まったって――」

光世あてに、堀田綾子からひんぱんに郵便物が届くことを、同居の家族はもちろん知っている。とくに義姉は、綾子からの電話を取り次ぐことが多く、よく通るその澄んだ声を覚えていた。

「結婚……あの人でしょう？」

「ええ。約束をしました」

よどみなく応答できたことは、光世自身にも意外だった。その「とき」が来たのだろうか。

「……でも、あの人、堀田さんは年上でしょう、三十五歳？　それに結核も完治したわけでは
……お母さんが何と言うかしら」

光世は、動じなかった。

「約束をしました。取り消しはしません」

その夜、義姉から兄へ、兄から母へと、光世の結婚の意志は伝言リレーのように伝わっていった。

翌日の夜遅く、光世は、三人の前で正座をして口を開いた。

「堀田綾子さんと、結婚の約束をしました。取り消しはしません」

母が口を開く前に、兄が咳《せき》ばらいをする。

「おまえの気持ちもわかる。だが今、母さんが心配しているのは、堀田さんの病気のこともあるが、おまえの身体だ」

風邪をひけば長引き、痔疾《じしつ》で仕事が手につかない日もある。職場に欠勤や遅刻の電話をかけるのは、いつも母だった。母は、結婚に心配を募らせていたのだ。

ずっと黙っていた母が、いつもとは違う低い声音で問うた。

「……光世。いつ治るかわからない人が、どうして身体の弱いおまえを幸せにできるんだろうね」

光世はしばし沈黙する。

夫に先立たれてから再婚もせず、光世や孫たちの看病と世話に明け暮れる母。そんな母に、これ以上の心配や苦労をかけることは、光世も望んでなどいない。けれども、綾子との結婚をあきらめることも、できなかった。

「お母さん。堀田さんには、確かにまだ時間が必要です。だから、『私の命を堀田さんにあげてもよろしいですから、どうか治してあげてください』と祈り、待つだけです」

「そんなに待っても治らないときは？」

母の声に、光世はきっぱりと答えた。

「独身を貫きます」

厳寒期の身を切るような冷気が、窓辺から入り込んできた。屋根からの氷柱が二本、こちらに向いているのが見える。

兄が、重い口を開いた。

「お母さん……この結婚をゆるすのは、お母さんでも、俺でもない。『とき』だよ」

「とき」だという前川正の声が、光世にだけは聞こえていた。

夜も更け、母と義姉は寝室に引き取った。茶の間に残った光世に、兄がしみじみと話しかける。

「光世。変わったな、おまえ」

「え？」

「いつだったか……ああ、美子が白雲荘に入ったときだ。赤ん坊のおしめを洗いながら、俺言ったよな」

女の子が生まれたばかりというのに、義姉に結核の徴候《ちょうこう》があらわれ、療養生活を送ったころである。仕事と見舞いと家事に追われても、兄は愚痴をこぼさなかった。けれども、幼い娘が母親と引き離された悲しみを、光世にだけは吐露していた。

「赤ん坊ができてあいつも大喜びだったのになあ。結局、結婚しても、苦しみや悲しみからは免れられないんだな……。光世、おまえには、結婚なんか無理に勧めんよ」

その兄の言葉を光世も覚えていた。

「兄さんのその話のあと、確か……『でも、そういう結婚の労苦こそ、尊いものでしょう』と答えたような」

あれは、綾子に出逢《であ》い、前川正の存在を知り、綾子の挽歌《ばんか》を読んだ直後のことだった。光世のそれまでの女性観や結婚観が、明らかに変化していったときでもあった。

兄は、寒菊でも愛《め》でるように目を細める。

「おかしいですか？　兄さん」

「おまえが変わった、ということが、嬉《うれ》しいんだよ」

父親のような、包容力のある言い方だった。

「おまえが変わったんなら、俺たちも変わらんとな。明日、母さんに話してみるよ。待ってやろうって。その『とき』が来るのを」

21

年は明け、一九五八年。

二人が出逢《であ》ってからほぼ三年。綾子には回復の兆しが見える一方、急に幻覚や幻聴が起こり、一時は札幌の病院に入院する事態にもなっていた。

「待つってのは、つらいもんだな」

温室の花の手入れをしながら、光世の兄がぽつりとつぶやく。

「いえ、待つことができて、幸いですよ」

光世は本心からそう言葉を返す。

（一人ではない。前川さんと、一緒に待っているのだ）

光世の心は、前川正から手渡されたバトンを握り返すことで、いっそう強くなっていた。「待つ」時間そのものが、愛《いと》おしい。

「お母さんがね、堀田さんに贈りなさいって」

義姉が声を掛けてくれたのは、三月のことだった。旭川の夜はマイナス二十一度。その厳しい寒さの中でも、温室の花々は可憐《かれん》に花を咲かせている。

光世の兄は菊を育てる名人で、十月の菊花展では毎年のように入賞していた。この春は、色とりどりのヒヤシンスも揃《そろ》えている。

「ほら、これなんかちょうどいい咲きごろでしょう？」

義姉は、青いヒヤシンスを指さす。春らしく、香りが良い。

翌日は平日だったので、堀田家には兄が届けてくれた。青いヒヤシンスの花言葉は、「変わらぬ愛」。

ときを置かず、綾子からの電話が営林局にかかってきた。綾子の声からも、春の香りがした。

その年の十月。この日も、二人にとっては記念となる一日だった。

これまで、「会う」と言っても見舞いばかりで、食事に行ったり、春光台の公園に出かけるなどということは一度もなかった。そんな二人が、病床から出て今日初めて映画館に行くのである。

晩秋のうららかな小春日和。平日だったが、光世はこんな好《よ》い日に綾子を家の中に居させてはもったいないと、電話で誘ってみた。

「映画を観《み》よう、一緒に」

同僚たちと一緒に、あるいは一人ででも、光世は映画を観ることが好きだった。テレビのない時代、銀幕はさまざまな未知の世界へ光世を連れていってくれていたのだ。

「お先に失礼します」

「おや、三浦くん？　今日はめずらしく早いね……ご苦労さん」

経理の仕事で残業の多かった光世が、退庁時間きっかりに荷物を片付けたので、上司は驚きの目で見やった。

映画館に着くと、綾子が手編みのマフラー姿で待っていた。こういう待ち合わせも初めてのことである。

「今度は光世さんのも編むわね。何色がいい？」

封切りすぐの映画であり、平日夜でも観客が多い。後方の席に並んで座ると、夫婦のようでもあり、きょうだいのようでもあった。

マックス・ノイフェルト監督の映画「野ばら」。

ハンガリー動乱のためオーストリアに逃れてきた独りぼっちの少年が、家族のいない悲しみを秘め、ウィーン少年合唱団で歌声を響かせる。まだ母親を恋しく思う年齢であるのに、甘えることのできない少年の演技が光り、ボーイ・ソプラノの独唱も見事だった。

映画のために作られたという歌「陽の輝く日」。光世と綾子は、字幕の歌詞を目で追った。

太陽がいっぱいに輝く日は
ただそれだけで幸福だ
いくら心配があったって
太陽がほほ笑みかけるなら
心は安らぎ
どんな苦労もなくなるさ

どんなに心配があっても、太陽が輝いていれば、どんな苦労もなくなる——二人には、自分たちへのはなむけの言葉のようにも思われた。

手を握り合いたい思いをぐっとこらえ、エンドロールの最後までスクリーンを見つめる。館内が明るくなっても、二人はしばらく言葉を忘れていた。ずっとこのままシートに座り、余韻にひたっていたかった。

「少年の歌声と真実、心にしみたわ。……ありがとう、光世さん」

「また観よう。そして歌おう、一緒に」

綾子をバイクで家まで送り、短くくちづけを交わす。

独身最後の、そして、交際して初めて一緒に観た映画の「野ばら」。原題は、「人生で最も美しい日」だった。

22

「三浦さん、お電話です」

昼休み。最近、綾子からの電話がずいぶん増えていた。そして今日は、新人の中杉という女性職員が取り次いだ。受話器を置くと、中杉が待ち構えていたように尋ねてきた。

「もしかして堀田先生ですか？　どうして三浦さんがご存じなんですか？」

驚きと好奇の目を向ける中杉に、光世も不思議そうな顔を返す。

「先生？　もしかして、中杉さんの先生だったのかい？」

「はい！　堀田先生は私の小学校の先生でした。声も似ているし、ホッタという名前だったので聞いてみたんです」

中杉は、綾子から頭をなでられることが多かったという。ギプスベッドに臥《ね》たままだった綾子が、かつての教え子たちからの寄せ書きに目を細めていたことを、光世は思い出した。そして、「一人ひとり、顔も名前もちゃんと覚えています」という綾子の声も、ありありと思い出された。

それから二年が経ち、一九五九年。新人だった中杉も、もう後輩を迎えるころになっている。

冬には、綾子との婚約式も身内だけで終えていた。五月に挙式することを職場にいつ報告しようか……そんなことを考えていると、中杉が、明るい声で光世に話しかけてきた。

「昨日、バスの中で偶然堀田先生に会えたんですよ！　ちょっとふっくらしていて、小学校のころとは違った感じでしたけど、お元気そうでした」

「おや、バスも混んでいただろうに、よくわかったね」

「わかりますよ！　なんだかとっても幸せそうでしたよ、堀田先生」

綾子のことがあって、光世は、ほかの女性職員よりも、中杉と言葉を交わす回数が多かった。そのせいか、他部署の人間が余計な茶々を入れてくる。

「三浦くん。また詰め将棋なんてやってないで、そろそろ結婚でもどうだい。ほら、あの、中杉さんとか」

光世は相手の目を見てはっきりと答えた。

「いいえ、もう決まった人がいますので」

明快な答えに、周囲の同僚たちが身を乗り出してくる。

「え、三浦くん、いよいよ結婚かい？」

「それはおめでたい！」

「いつごろ？」

口々に寄せられる祝意に戸惑いながらも、光世は微笑《ほほえ》む。

「五月下旬の予定です」

「そうか、そうか、三浦くん、こりゃあめでたい話だ！」

思いがけず、自然な流れで同僚に話すことができた。これも中杉のおかげと光世は思い、電話の近くの中杉の席を見やる。

「お・め・で・と・う・ご・ざ・い・ま・す」

中杉の唇がそう動くのが見え、光世は軽く一礼した。


雪景色から、花の季節に移行する。春だ。

結婚式を控えた五月二日。土曜日だったが光世は出勤し、半日みっちり仕事をした。強い風の吹く日で、歩くと砂ぼこりが舞っている。こういう日には自転車に乗るのは控え、光世はバスで自宅に戻った。

時間はもう夕方に近づいている。

光世は、墨を磨《す》り始めた。二十四日に行う綾子との結婚式の、案内状の宛名書きをするのである。

墨を磨るうちに、しだいに心が穏やかになってくる。おろしたての筆の具合を少し調整し、背筋を伸ばして封筒に向かう。

誰よりも先に、光世はこの名前を書きたかった。

「前川正様」

今日、五月二日は、前川正の命日であった。実際には送れなくても、一番先に書く宛名は前川しかいない、と光世は思っていた。

(前川さん。どうぞ、わたしと綾子の結婚式にお越しください)

カタン、と風が窓ガラスを叩《たた》いた。前川からの祝意のようだった。

結婚式は無事にとり行われた。前日まで綾子の発熱が長引き、危ぶまれたが、当日は奇跡的に熱が下がったのである。綾子の両親もほっと胸をなで下ろし、笑顔で写真に納まった。

「あの綾子が……きれいねえ」

純白のウエディングドレス姿の綾子が、五年後に日本じゅうを賑《にぎ》わせる作家デビューを果たすとは、誰一人知るものはいなかった。

第1章　メモ

（T）田中　綾
（K）古家昌伸（編集者・ライター）
＊頭の数字は本文の節を示す
＊出典のない写真はすべて三浦綾子記念文学館提供

1

小説のタイトル「あたたかき日光《ひかげ》」は、三浦光世と三浦綾子の合同歌集『共に歩めば』（聖燈社、1973年）に収められた、光世のこの一首からとったものです。

あたたかき日光《ひかげ》に廻《まわ》る花時計見て立つ今日は結婚記念日

2人の結婚式は、1959年5月24日でした。結婚10年を祝して69年に作られた歌で、5月の陽光を受けた「花時計」の美しさも思われます。

「日光」と書いて「ひかげ」と読む例には、北原白秋の〈ごむの毬《まり》湯には浮かしてあそぶ子とあかき日光をよろこびにけり〉などがあり、影ではなく、陽光、ひなたを意味しています。光世もその文学的な用例を気に入ったのでしょう。

なお、この小説の中では、第2章で、結婚7年目、銅婚式の話題としてこの歌を引用しています。（T）

一緒に暮らしていた光世のめい隆子（奥）と三浦夫妻＝1962年ごろ

旭川市豊岡の自宅を兼ねた三浦商店の前に立つ綾子＝1962年ごろ

2

「氷点」のころ、旭川ではどんなことがあったでしょう。

綾子が1千万円懸賞小説の応募作を執筆した1963年、旭川は隣接する東旭川町を編入します。翌64年には人口が25万人を超え、函館を抜いて道内第2の都市となりました。

「氷点」の1位入選が世間を驚かせた64年7月は、のちに三浦綾子記念文学館の初代館長となる旭川の文芸評論家・高野斗志美さん（1929〜2002年）も、哲学者のサルトルを論じた「オレストの自由」で新日本文学賞を受賞しています。

64年といえば、アジア初の五輪が東京で開かれた年でもあります。レスリングで旭川出身の吉田義勝選手、上川管内和寒町出身の渡辺長武《おさむ》選手が金メダルを獲得し、旭川もお祝いムードに包まれました。（K）

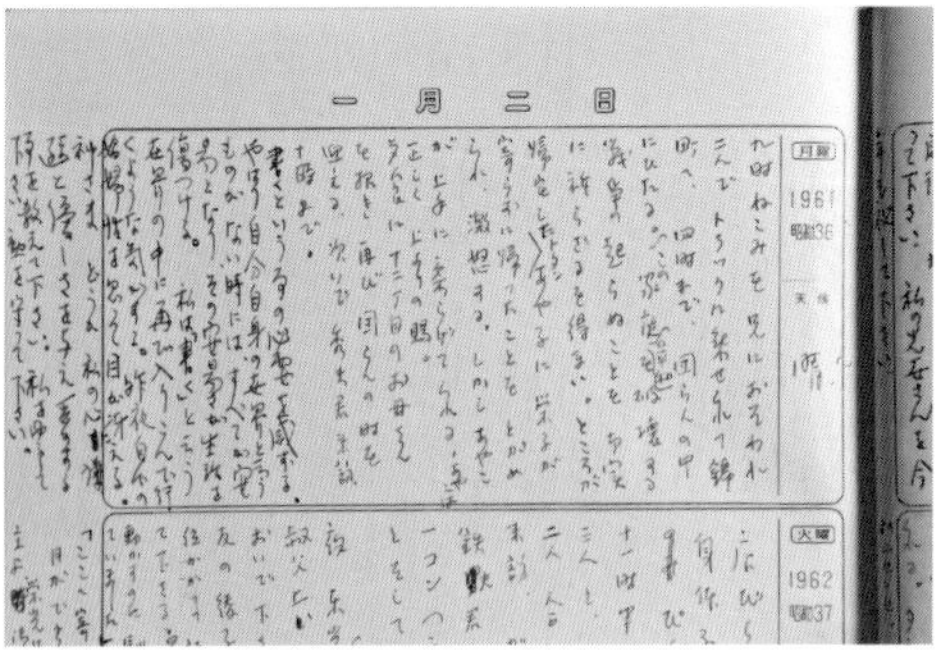

光世日記の1961年1月2日の項。
左側のやや太い筆跡が綾子の書き込み

1961. 12. 21　タイムス？

実を結んだ〝愛の記録〟

十三年の闘病記

婦人雑誌に当選　旭川の林田さん

雑誌「主婦の友」が募集した「生活記録文」の当選を紹介する記事。筆名の「林田律子」で報じられている＝1961年12月21日、北海タイムス

3

「氷点」の懸賞小説1位入選を、北海道新聞は発表2日後の7月12日朝刊で伝えます。旭川市内版「ひと」欄に「一千万円懸賞小説に当選した三浦綾子さん」の記事が載りました。「四十二歳とは思えないほど若々しく、明るい。十三年間、闘病生活を送ったという暗いカゲはみじんも感じさせない」など人物評から書き出し、受賞の驚きを伝えています。「平凡なサラリーマンの妻としてまた、郊外の雑貨店の女主人として静かな生活を送っていたのに、一躍〝女流作家〟として全国的にクローズアップされた」

綾子はこんなコメントを残しました。「あまりいい気にならずからだが許すかぎりあくまでもマイ・ペースで執筆を続けたい…」。果たしてその希望はかなえられたでしょうか。（K）

「氷点」入選を祝う電話を受ける綾子＝1964年7月

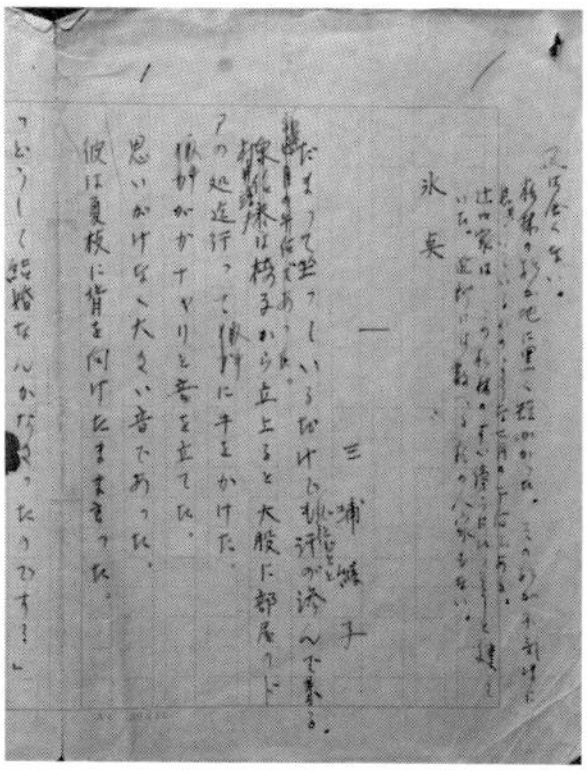

小説「氷点」の応募原稿

4

三浦綾子は10人きょうだいで、そのうち女性は、姉と綾子、そして幼くして亡くなった妹の3人でした。

１９２９年（昭和4年）生まれの妹陽子は、35年にわずか6歳で命を終えました。結核だったと言われています。素直でおとなしく、利発でもあった妹をしのび、『氷点』のヒロインは「陽子」と名付けられました。

綾子の幼なじみで、聖書を読むことと短歌創作を綾子に教えた前川正も、『氷点』で、登場人物として新たな命を与えられています。

後半の「雪虫」の章。陽子の養父辻口啓造の北大医学部の「三期後輩」で、「同じテニス部の頭の良い医学生だった」前川正が、54年の春に亡くなったと語られています。

実際、前川正は北大の医学生で、その年の5月に病死していました。けれども、その命は、『氷点』の中で永遠に生き続けているのです。（T）

『氷点』（朝日新聞社）の初版本

『氷点』1位入選後、講演で北九州市小倉を訪れた綾子と弟の秀夫＝1964年8月3日

5

『ひつじが丘』執筆について光世は日記でこのように記しています。

1965年4月5日（月）
　主婦の友の小説の題役所でもいろいろ考える。！羊ケ丘！どうだ。あや子も「ウン、それなら」と乗り気。よっしゃ、それでイコ。
4月6日（火）
　今日も中々多忙。珍しいことだ。あや子、電話で主婦の友への挨拶《あいさつ》文相談してくる。名文！に近い。
5月26日（水）
　あやこ中々主婦の友の原稿進まず。ガンバレ。ガンバレ。「主の山に備えあり。」
5月30日（日）晴
　朝、ひつじが丘第一回分封筒に入れたがどうも気になる。あや子怒ってやり直すという。（略）三時再びハイヤーで旭ケ（原文ママ）丘にアイヌの墓地を見学五時帰宅。夜十二時までひつじが丘の浄書と再検討。先《ま》づ先づ感謝。（T）

「主婦の友」に連載された「ひつじが丘」の第1回

『ひつじが丘』（主婦の友社）の初版本

6

　1965年6月4日、三浦綾子は北大祭で、講演「キリスト教の文学」を行いました。

　翌66年6月17日は、北海学園大学の文化協議会「第一回文教講演会」に招かれました。当日午後、光世は休暇をとって、綾子と同行。会場の道新ホールはほぼ満員で、盛況だったそうです。

　綾子は気さくで飾らず、約50分、はきはきとした口調で講演しました。内容は『氷点』へのさまざまな反響をはじめ、光世の妹の感動的な言葉を、陽子のせりふ「石にかじりついても、ひねくれるものか」として使用したことなど、創作秘話です。

　現在、その講演の録音テープは、三浦綾子記念文学館に収蔵されています。綾子が光世を「うちの旦那が」と呼んで少しはにかむ部分などは貴重な記録かもしれません。（T）

滋賀県近江八幡市で講演する綾子＝1969年10月2日

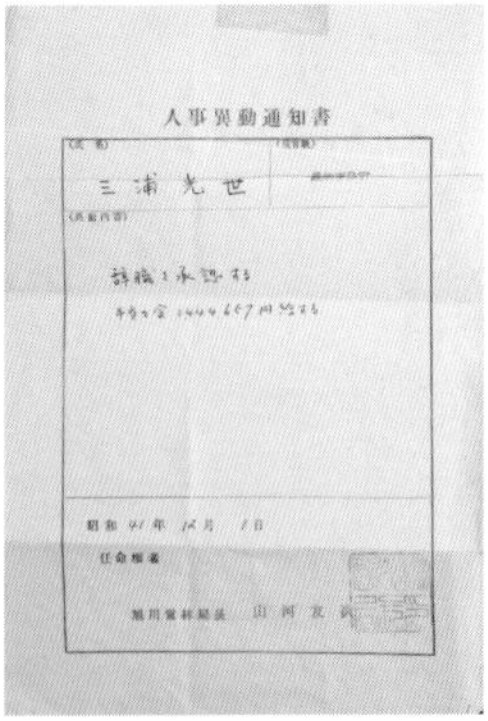

光世の退職辞令

7

何事にも几帳面《きちょうめん》な光世に対して、綾子はずぼらな面があったようです。夫婦の機微をつづったエッセー集『愛すること信ずること』（講談社、1967年）で自らが「悪妻の見本」である理由を六つ挙げています。

まず「だらしがない」。帰宅してもオーバーや帽子、マフラーをあるべき場所に置かない。なのに人には手洗いを強要するなど「わがまま勝手」。以下「ものごとをおそろしくハッキリ言う」「はなはだ忘れっぽい」「行儀の悪いこと」「家事が下手である」と続け、「妻としてこれほど不適格な人間も世には稀《まれ》であろう」と断じます。

それでいて最後はこう結びます。夫に「お前のような者は」と言われた読者は、この一文を見せて「こんな妻を愛して、けっこう仲良くやっているこの人のダンナさんのような人もいるのよ」と伝えてほしい、と。綾子らしい、おのろけです。（K）

『愛すること信ずること』（講談社文庫）の表紙

8

「三浦綾子氏にもご依頼申し上げたところ、ご多忙の身で次回にゆずらざるを得ず、残念である」。1964年の「旭川市民文芸」6号あとがきに、こんな一文がありました。『氷点』の新聞連載に追われる中での原稿依頼だったのでしょう。

ただ、綾子はデビューまもない時期から、地元文学者らと交流があったようです。65年の7号には、のちに小熊秀雄協会の副会長を長く務めた谷口広志さんの「三浦綾子さん訪問記」、66年の8号には、三浦綾子記念文学館の初代館長となる文芸評論家高野斗志美さんの「『氷点』論」の一部が載っています。

綾子もこの8号から毎年のように寄稿し、恩師の思い出や、「氷点」受賞記念講演会で同席した作家中山義秀さんの追悼文などを書き残しています。（K）

机に向かう綾子＝1967年ごろ

9

綾子の自伝的小説『この土の器をも』24章に、弁当作りのことが書かれています。「塩辛などを小さなビニール袋に詰め、黄色いリボンで結んで、片隅に入れる。すると三浦は、弁当箱の中に、わたし宛の紙きれを入れてくれる」

実際に、光世が書いた弁当へのお礼のメモがありました。1961年11月8日付です。

三浦綾子さん
訪問記
えと文 谷口広志

綾子の実家・堀田家の庭で光世と＝1958年

「三浦綾子さん訪問記」＝「旭川市民文芸」7号（1965年）より（旭川文学資料館所蔵）

あやこ　ゴチソーさま。お菜おいしかったが多かったので残した。あしからず。

今朝走って来た姿とてもいじらしく、又《また》真剣に見えて若々しかった。小学生の時の姿でもみているような感じだった。あんなに走って何でもなかったろうか。とにかく大事にすること。

「走って来た姿」とは、当時バス通勤をしていた光世に、忘れ物を走って届けた姿かもしれません。感謝を必ず言葉で伝える夫婦像が思われます。（T）

1970年の「旭川市民文芸」12号。綾子は「旭川文学展によせて」という一文で「わたしは文学少女ではなかった」と記し、「郷土の生んだ偉大なる詩人小熊秀雄の名さえ知らなかった」と正直に告白しています。

72年、14号の「気になる人」には、交流があった俳人藤田旭山《きょくざん》さんや旭川ゆかりの作家安部公房さんの母、それに短歌の仲間で婚約者でもあった前川正さんの名前も見えます。

73年の15号では「小説の舞台とわたし」と題し、「氷点」の見本林など舞台選びの過程を惜しげもなく明かしました。「わたしは、ストーリーは作っても、舞台は現実にある場所を求めるのである」という言葉は興味深く読まれたことでしょう。

旭川市民文芸に関する情報は、旭川文学資料館の沓沢章俊さんに提供いただきました。（K）

10

旭川市民文芸と綾子の縁は、『氷点』以来の作家生活11年を振り返る1975年（17号）の特集「作家・三浦綾子の世界」で一つの頂点を迎えます。写真特集を含め実に44ページも割きました。

冒頭で「この頃思うこと」と題し、綾子自身が信仰と文学についてつづっています。また三浦文学のよき理解者だった佐古純一郎さん、高野斗志美さん、山田昭夫さん、佐藤喜一さんら文芸評論家の論考も収めています。

光世の寄稿「弁明二、三」には興味深い逸話が満載です。デビューまで無名だった三浦夫妻が、旭川市民には東京から越してきたと思われていたこと。作品は光世の手が入った「合作」ではと疑う人がいたこと。さらには常に一緒にいるのに近々離婚するのではとうわさが立ったことまで。綾子の活躍を地元がどう受け止めていたかが伝わります。（K）

『前川正歌集』の表紙

11

「旭川市民文芸」との親密な関係と比べ、1968年に創刊され、30年近くにわたり道内作家のとりでとなった「北方文芸」への綾子の寄稿は、73年1月号と76年5月号の2度限りでした。

73年掲載の「夢の話」は、日記に書き留めたシュールな夢を三つ紹介しています。西の山に沈んだばかりの太陽が、東から上ってくる話。牧場にいた豚が空を飛び、電線にチョコンととまり、果ては家にまで連れてくる話。足腰が立たなくなったマルクスを、演説会場の「四条の平和通り」までおぶっていく話……。綾子は夏目漱石の『夢十夜』のようなものは書けないと謙遜しつつも、これらを収めた『夢幾夜』を93年に刊行します。

76年の「短歌と真実」は、綾子が北海道新聞に「泥流地帯」を連載していたころの文です。（K）

新婚旅行で層雲峡を訪ねた綾子と光世
＝1959年9月14日

入院中の17歳の光世（後列左から2人目）を見舞う家族や親戚＝1941年

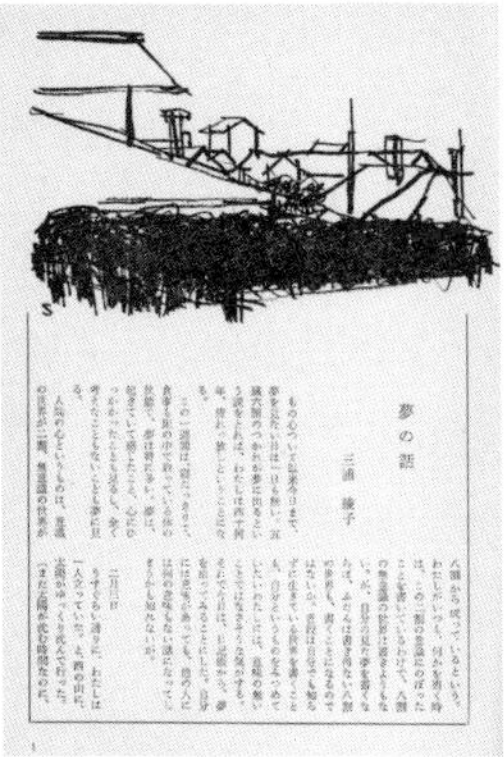

夢の話

三浦　綾子

「北方文芸」1973年1月号に載った「夢の話」（北海道新聞社所蔵）

12

27歳を迎えた光世の日記に、こんな記述がありました。

１９５１年４月５日（木）　晴天

昨夜湯タンポいれず、ちと寒かりし。為《ため》か、午前頗《すこぶ》る頭痛。二時近くまで殆《ほとん》ど読まずつくねんとしている。午後大方日光浴。茶の間から更《さら》に廊下に行き日を浴びつゝ子規の歌拾ひよむ。

光世が拾い読んだのは、正岡子規の歌集『竹の里歌』でしょう。その中に、１８９９年（明治32年）作の「把栗《はりつ》新婚」と題した5首があります。福田把栗は、１８６５年（慶応元年）、和歌山県新宮生まれ。漢詩人として早くから注目されていましたが、子規に入門して俳句を作るようになったそうです。

年齢を見ると、把栗は子規より2歳上。俳句の弟子とはいえ、ほぼ同世代の把栗の結婚は、病床の子規にはまぶしく映っていたのかもしれません。（T）

旭川営林署会計係のころの光世＝1947年ごろ

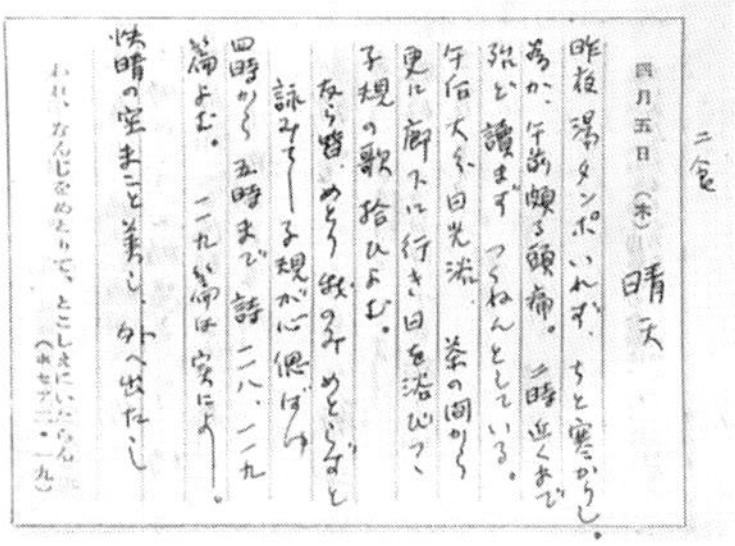

光世日記の1951年4月5日の項

13

綾子が『氷点』でデビューする10年近く前の１９５５年、釧路ゆかりの作家原田康子が、まだガリ版刷りだった文芸誌「北海文学」で代表作『挽歌《ばんか》』の連載を始めます。単行本は70万部のベストセラーとなりました。

このころ同様に脚光を浴びていた旭川出身の作家がいます。木野工《たくみ》です。53年の『粧《よそお》はれた心』をはじめとして60年まで計4回、芥川賞候補になっています。62年には『怪談』で直木賞候補にもなりました。旭川の中島遊郭が舞台の『襤褸《らんる》』で71年の北海道新聞文学賞を受賞し、再び直木賞に推されます。

木野は北海タイムス（98年休刊）論説委員

として、長く東京に駐在しました。直接の接点があったかは不明ですが、2歳上の木野、6歳下の原田康子という同時代作家の活躍は綾子の刺激になったことでしょう。（K）

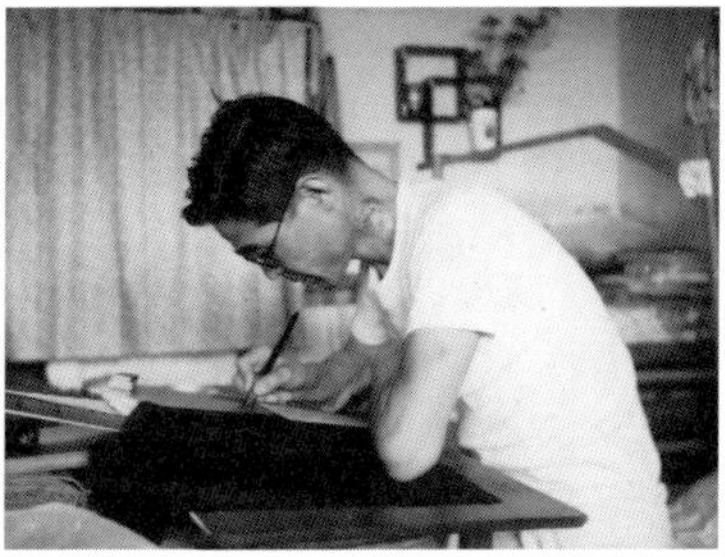

堀田綾子と光世を結びつけた「いちじく」発行人の菅原豊

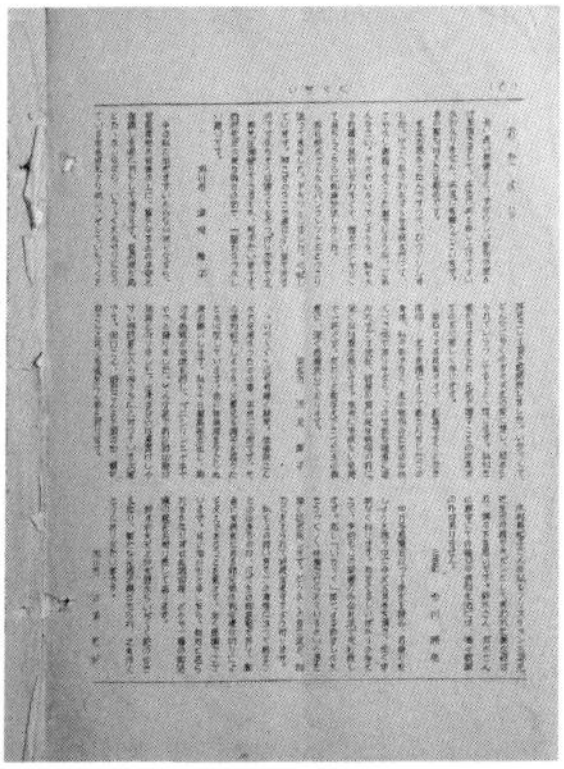

「堀田」は綾子の旧姓。交友誌「いちじく」14号（1955年6月）には、出会う前の堀田綾子（上段）と光世（下段）の原稿が同時に掲載されている

14

綾子や光世のように、受刑囚と短歌を通じて交流していた文学者は少なくありません。

　強盗殺人の罪で1967年に死刑となる島秋人（筆名）は、恩師の妻の勧めで獄中から「毎日歌壇」に投稿します。島の歌を評価し、文通で指導したのが選者の窪田空穂《うつぼ》（1877～1967年）でした。島は「獄窓の歌人」の異名を取り、のちに遺稿集も刊行されました。

　旭川出身の作家海原卓の著書『死刑囚　島秋人』によると、島はクリスチャンだった文通相手の影響で獄中受洗しています。海原は歌人道浦母都子《もとこ》の「短歌の詩型は、人の心に自省や自己洞察をうながす回路として作用し（略）作者は慰謝と解放の情感を得ることができる」という言葉を引きつつ、島の信仰は「彼の短歌を生むための土壌のひとつのように思える」と書いています。立場は違えど、綾子にとっての信仰と文学の関係にも思い至ります。（K）

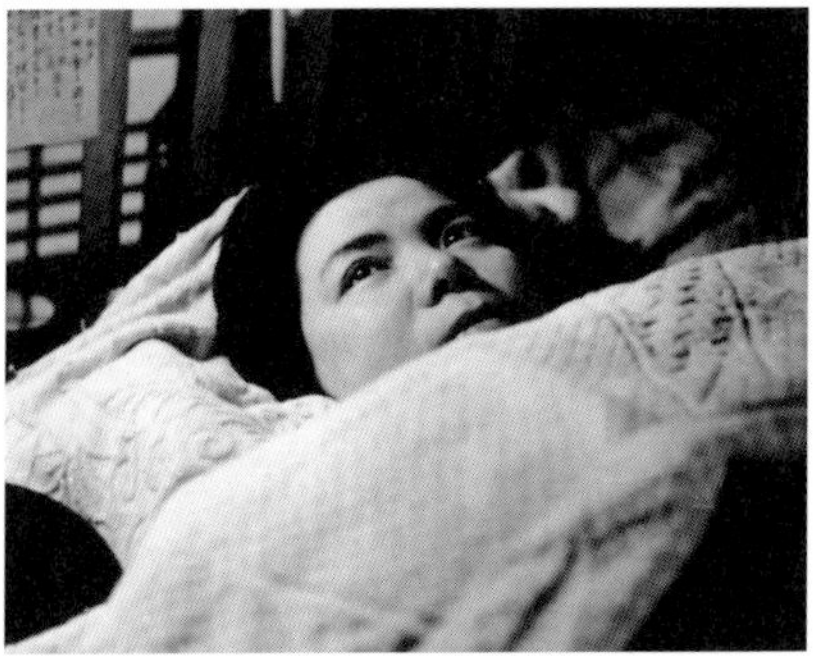

ギプスベッドに寝る綾子＝1953～56年ごろ

15

綾子の『氷点』には、1954年に北海道を襲い、甚大な被害をもたらした洞爺丸台風が描かれています。ヒロイン陽子を育てた医師辻口啓造が乗った青函連絡船が座礁し、九死に一生を得るくだりです。

　同じく旭川出身の木野工《たくみ》もまた、中編『樹と雪と甲虫と』でこの台風を扱っています。木材会社を営む野沢尚哉は、大雪山系に発生した膨大な風倒木に目をつけます。これを独り占めするため林野庁や防衛庁に手を回し、盗伐やダム爆砕など違法行為にも手を染めます。その執念は実らず、彼はついに錯乱。無数の甲虫（小説ではクワガタムシとされる）がすみ着いた朽ち木に火を放つ描写は、まるでホラー。圧巻です。

　洞爺丸台風に想を得た小説では、62年に発表された水上勉の『飢餓海峡』が有名ですが、61年に木野、64年には綾子も、それぞれまったく異なる趣向でこの災害を描いているのです。（K）

30歳の光世＝1954年ごろ

16

前川正と綾子は、闘病中の6年ほどの間に、千数百通もの手紙をやりとりしていました。その一部を収めた往復書簡集が、『生命《いのち》に刻まれし愛のかたみ』(講談社、1973年。現在は新潮文庫＝絶版)です。

短歌や、前川が北大医学部在学中に発表した小説も収められていますが、綾子にあてた遺書は誠意と愛に満ちています。

「綾ちゃんは、私が死んでも、生きることを止めることも消極的になることもないと、確かに約束して下さいましたよ。

万一、この約束に対し不誠実であれば、私の綾ちゃんは私の見込違いだったわけです。そんな綾ちゃんではありませんね！(略)決して私は綾ちゃんの最後の人であることを願わなかったこと、このことが今改めて申し述べたいことです」

三浦夫妻の書斎の三角柱の棚には、前川の遺骨などを収めた小箱がずっと大切に置いてありました。(T)

旭川の詩人・東延江さんがまとめた「三浦綾子随筆書誌」によれば、北海道新聞に綾子のまとまった言葉が初めて載ったのは1967年1月13日でした。

同月29日投票の総選挙に向けた家庭欄の「おんなの一票」という談話スタイルによる連載の1回。政治は「希望の持てる状態ではないし、無法地帯のような気がする」から乗り気がしないと前置きしつつ……。

このときは相次ぐ政治家の不祥事を発端とする「黒い霧解散」に伴う選挙でしたが、綾子の関心は「物価問題」。「私を含む婦人層に対し、目先の利害にとらわれず将来を見据え、「血のかよった政治、人間をたいせつにしてくれる政治家を選ぶべきだ」と呼びかけました。(K)

17

今回の内容のもととなった光世日記は、次のような文面でした。2度目に綾子を見舞った1週間後、光世はさっそく前川家を訪問したものの、残念ながら遺族に会えなかったことが書かれています。

1955年7月10日(日)
朝早くめさめ(ママ)、床屋へ行く。
九時半帰って来てヒデキ君に少し話きかせ、十時出発教会へ行く。
花の日礼拝で花の美しさ、子供らの清き瞳にさすがに心洗われる思いする。帰途前川氏宅へ寄ってみたが戸あかず帰宅。
午後二階にひるね。二時目さめて読書。
今日来た前川正歌集大分みる。涙流る。
三時堀田姉宛《あて》に葉書したため出して来て又うたたね。六時に及ぶ。

綾子から借りた歌集に感激し、その日のうちに礼状を出した、という素早い行動も印象的ですね。(T)

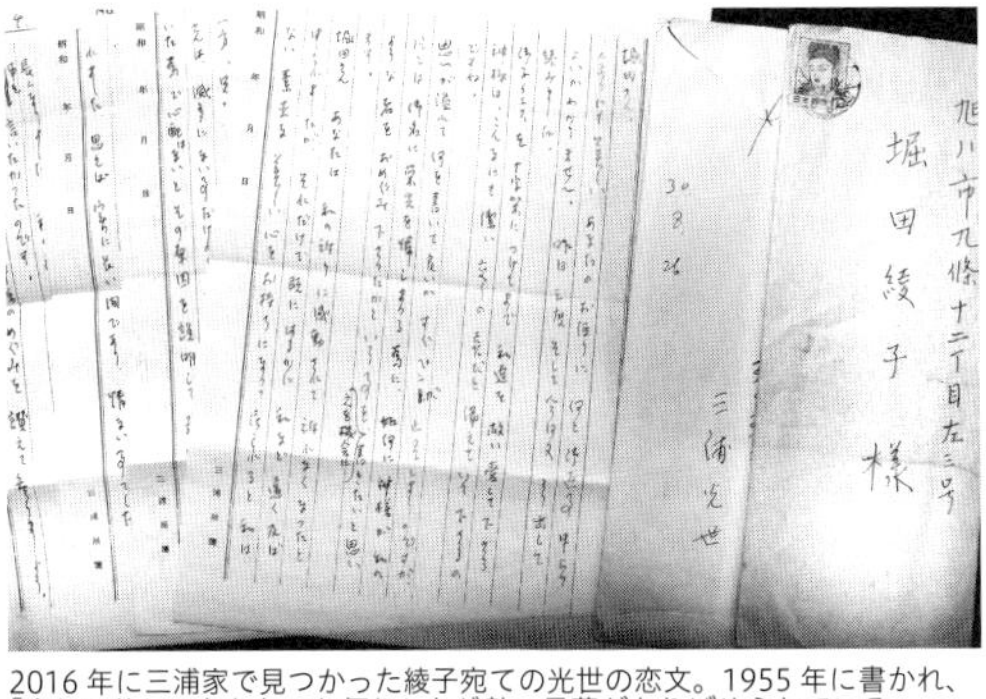

2016年に三浦家で見つかった綾子宛ての光世の恋文。1955年に書かれ、「余りに美しいあなたのお便り」など熱い言葉がちりばめられている

光世が常に胸ポケットに入れていた前川正の写真

18

綾子に紹介され、光世は歌誌「アララギ」に投稿を始めました。

　1955年10月号、光世の初めての「アララギ」掲載歌はこの作品です。落合京太郎と柴生田《しぼうた》稔の共選の欄でした。

瞬間の死とのみ思ひゐし絞首刑に苦しむ時間のあると聞かされぬ　旭川　三浦こうせ

　当時数回、「こうせ」とあえて筆名を使ったのは、「光世」の名前を女性に間違われないよう苦心した結果だそうです。

　さて、興味深いのは、同じ号に掲載された綾子のこの一首。

年下の君に優しくもの言ひて　吾《われ》の心の落着きてゆく　旭川　堀田綾子

　綾子の病床には多くの見舞客が来ていたため、「年下の君」を光世だと断定はできませんが、もしも光世であれば、また新たな物語が生まれてきそうです。（T）

光世の歌が初めて掲載された「アララギ」1955年10月号の表紙

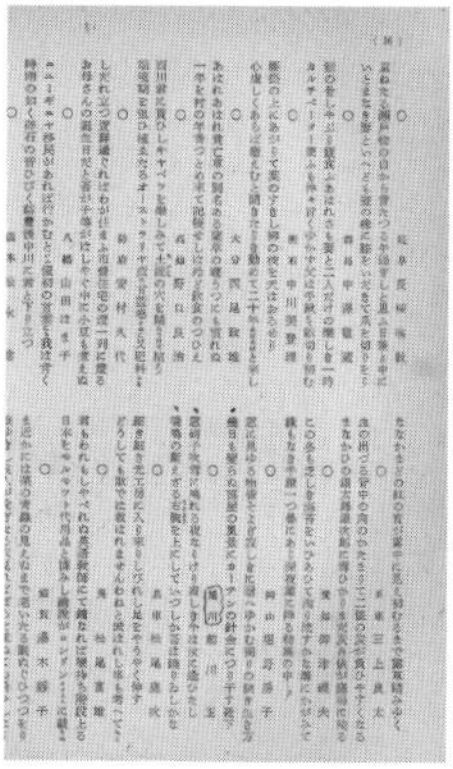

前川正の「窓硝子一」の歌が載った「アララギ」1951年4月号。「旭川」に丸印を付けたのは綾子とみられる

19

　1957年の光世日記には、毎日のように「あや子」の名前が登場しています。また、綾子の母への感謝も忘れていません。

　1957年1月5日（土）晴

（略）あや子へのプレゼントを求める。10余年眺めた玉堂の絵に会う《ママ》丸額を買い二時あや子を見舞う。何度も何度も風邪の治癒を喜び手を握りしめてくれる。熱い真情をつくづく感謝する。

　アヤ子から文庫本二冊、沓下《くつした》、ハンカチ、半紙五帖《じょう》まことに数々のプレゼントをもらいうれしくなる。併《しか》しこんなに金を使わなくてもと思う、ねているのだから。丸額はあや子も喜んでくれて何より。（略）

　二時半御飯を馳走《ちそう》。相変《かわ》らずお母さんに御厄介になる。お母さんへのお年玉も考えて来れば良かったと思う。

　五時くちづけと抱擁を交《かわ》して帰りくる。（T）

（略）

婚約を記念して2人が贈り合った聖書。右が綾子、左が光世のもの

20

北海道放送（ＨＢＣ）が道内初の民放として放送を開始したのは、綾子と光世が〝交際中〟の1957年でした。同社広報によると、旭川局の開局は2年後ですが、札幌の手稲山山頂に置いた送信塔からは、旭川まで電波が届いていたそうです。

　このため同社や山崎酒造（現男山）などが、今の旭川市中央図書館のあたりにあった労働会館前に21インチのテレビを設置し、7月16日から、街頭テレビ放送を始めました。これを記念する碑が、同図書館前に立っています。

　ＨＢＣは64年7月16日、「氷点」の1千万円懸賞小説当選を全国ネットで報じます。「婦人ニュース」という平日昼の15分番組でした。一躍「時の人」となった綾子が三浦商店で店番をしたり、洗濯物を取り込んだりする日常の風景、教会で祈る姿などを紹介しました。（Ｋ）

21

ウィーン少年合唱団による歌声に癒やされる、名画「野ばら」。主役トニーを演じた子役のミハエル・アンデの豊かな表情は、何度観《み》ても魅力的です。

　映画好きだった光世は、「野ばら」の感動を、具体的に日記に残していました。旭劇は旭川劇場で、かつて5条通6丁目にあった映画館です。

1958年10月23日（木）晴
　あやこと初めて映画みる。晩秋の好日和。家の中にいるのがたしかにもったいない感じ。四時半退庁。旭劇前であやこを待つ。五時あやこと共に映画「野ばら」を見る。美しい小品。医師が力を尽くしたあと神の御心《みこころ》に少年の生命を託すあたり感銘。それとこれから青春が始まるというラストシーンも。私達に初めてみる映画としてふさわしくも記念すべき映画と思う。七時十五分あやこをバイクに乗せて送り、七時半帰宅。（略）

　バイクの後部座席で、綾子はどんな表情を浮かべていたのでしょうね。（Ｔ）

昭和30年代、旭川中心部には20館以上の映画館が軒をつらねていた。写真は1950年代半ばの市内4の7の様子（撮影・北海道新聞社）

22

1952年、旭川で月刊誌「豊談《ほうだん》」が創刊されました。地域の社会問題から政治経済、文学や美術、映画など幅広いテーマを取り上げ、執筆者は多士済々。誌上で自由闊達《かったつ》な意見交換が行われていました。

　その誌面に綾子が初めて登場したのは、やはり「氷点」でデビューした64年の12月号。編集人だった宮之内一平による「三浦綾子さん訪問記」でした。

　以来、綾子も何度か寄稿しました。興味深いのは、68年1月号に転載された14歳当時の作文「井伊大老について」です。旭川市立高女の校友会誌に載って「ずいぶんいろんな人からほめられた」そうです。内容は幕末に尊皇攘夷《じょうい》派を弾圧し、天皇の許しを得ず日米修好通商条約締結を判断した井伊直弼の擁護。転載に当たり「余りにも国家主義的」な内容だったと自己評価しています。

　「豊談」の刊行は87年の349号まで続きました。（Ｋ）

綾子と光世の結婚式での記念写真＝1959年5月24日

第 2 章

口述筆記の書斎

1

結婚から九年たった一九六八年。綾子の作家生活も四年目となった。

光世は今、注意深く綾子の声に耳を傾けている。そして、その声のままに原稿用紙にペンを走らせ、時々「はい」と答える。口述筆記である。

「信夫はこん身の力をふるってハンドルを回した。だが、なんとしてもそれ以上客車の速度は落ちなかった」

「はい」

「みるみるカーブが信夫に迫ってくる」

「はい」

「再び暴走すれば、転覆は必至だ」

「はい」

疲れやすく、肩こりに悩まされている綾子は、『塩狩峠』の連載途中から口述筆記を提案した。光世が試しにやってみると実にタイミング良く進み、以降、二人三脚で原稿を仕上げている。

『塩狩峠』の主人公のモデル長野政雄のことは、光世も、綾子に出逢《であ》う前から知っていた。一九五四年、三十歳のころである。

その日は前日から体調が悪く、雪道を歩くのもつらかったが、光世は何とか気を奮い立たせて教会に行ってみた。厳寒期の吹雪にもかかわらず、教会には信者が集い、まさにその日「二月二十八日」に落命した男性信者のことが話されていた。

鉄道職員だった長野政雄。雪の塩狩峠で暴走した列車を止め、自ら散ることによって乗客を救った人物という。光世は、長野が亡くなったまさにその日に話を聞いたことに、まず感銘を受けた。居合わせた人々もみな頭を垂れている。しかも殉難の年齢が、当時の光世とほぼ変わらないことも強く印象に残った。

(自分ならば、そのような選択ができるだろうか?)

十数年を経た今、綾子がその長野をモデルとした「永野信夫」を描く小説を執筆していることに、光世は強い縁を感じていた。

明治の東京。「永野信夫」が生まれた日から命を落とすまでを描く長編で、月刊誌での連載は二年半にもわたった。そろそろクライマックスに差し掛かっている。信夫が明日、婚約者ふじ子と結納を交わすのだ。出逢いからは二十年以上、愛する対象として意識してから、六、七年は経《た》っていた。

その二人が、とうとう結納に至るという大切な日。信夫を乗せた列車が、峠で暴走し始め——。

「……はい、休憩」

「え、もう? まだ四時じゃない」

「今日の綾子は言葉が貧しい。だめだ。……筋はそのままでいいが、ラストに向かって、もっと緊張した、たたみかけるような短文で読者を引っ張っていかなくては」

しばらく綾子はあごに手をあてていたが、ゆっくりうなずいた。

「……ミコさんの言う通りね。もう少し短い文で、言葉を選んでみる」

数日後。いよいよ仕切り直しのラストシーンである。綾子は集中し、声をつまらせながらも一気に語り下ろす。


やがて向こうに、大きなカーブが見えた。その手前に、白木の柱が立っている。大方受難現場の標《しるべ》であろう。ふじ子が立ちどまり、雪柳の白い束を線路の上におくのが見えた。が、次の瞬間、ふじ子がガバと線路に打ち伏した。吉川は思わず立ちどまった。吉川の目に、ふじ子の姿と雪柳の白が、涙でうるんでひとつになった。と、胸を突き刺すようなふじ子の泣き声が吉川の耳を打った。

塩狩峠は、雲ひとつない明るいまひるだった。


「……」

二人とも、言葉が出ない。

光世はペンを置くまでまばたきもしなかった。

「……はい」

光世は見ないふりをしていたが、綾子はそっと涙をぬぐったようだった。光世もうつむき、涙をこらえる。

そのとき。

「ラララ、ラ〜」

綾子が突然、子ども合唱団のような声を出し、のびをした。

「あー、終わった、終わった！」

あきれた光世は、ペンを置きようもない。

「こ、これが、ララララっていう小説か！」

「あはははは。散歩に行きましょ、ミコさん」

集中と緊張が解けた綾子は、すっかり幼子《おさなご》に戻っていた。

2

一九六七年は、『積木《つみき》の箱』という小説も口述筆記で仕上げていた。朝日新聞の夕刊に掲載された、約一年間の連載小説である。

当初、光世はこの小説のタイトルを「擁壁《ようへき》」と名付けていた。綾子も同意していたが、新聞社のほうから、思わぬ横やりが入った。

「紙面でかつて、井上靖先生が『氷壁《ひょうへき》』という長編を連載しておられました。三浦さんの『氷点』と『擁壁』、どちらも井上先生の『氷壁』から一字ずつ、というのはいかがなものかと……」

偶然思い付いたタイトルとはいえ、光世もなるほどと納得し、変えたのが『積木の箱』であった。

のち、映画もドラマも評判になった『積木の箱』は、『氷点』のように作中人物同士の絡みが複雑な小説で、舞台も同じ旭川である。

思春期の少年佐々林一郎は、北海道の観光王と言われる実業家の息子。豪邸で両親と姉二人と暮らしているが、ある日、長姉である奈美恵と父が裸で抱き合っているところを目撃してしまう。奈美恵は実は父の愛人で、佐々林邸は「妻妾同居《さいしょう》」の邸《やしき》だったのだ――。

「この展開はさすがだな、書いていてもはらはらするよ」

原稿用紙に向かいながら、光世も時々膝を打つ。

「想像すると、どんどん出てくるの。一郎の内面が」

「なるほど。露骨になっても困るが、そこをさらっと流して内面に立ち入ってくるのがポイントだな」

かつ、思春期の少年少女の会話や動きが、教員だった綾子の言葉によって生き生きと再現されるので、光世には好ましかった。

「それに――」

めずらしく綾子が高みからの視線を光世に投げる。

「わが家も『妻妾同居』だから、話が進むのよ」

「え?」

思いがけない妻の言葉に、光世は動揺する。

「綾子、ひどい冗談だな。嫁入り前の隆子が聞いたらショックを受けるよ」

「タカちゃんじゃないわよ、何言ってるの。『駒子』ちゃんよ、ほら、身に覚えがあるでしょう?」

「え、誰？　駒子？」

新婚直後から綾子が感じていたことではあったが、光世の将棋の駒への愛着は、ひとかたならぬものだった。そこで綾子は、将棋の駒を「駒子」と擬人化して呼ぶようになったのである。光世は思わず吹き出した。

たとえばある夜。同居の隆子が映画に行き、光世一人が留守をあずかっていた日のことである。

「ミコさん、ただい……」

会合で遅くなった綾子は、帰宅して忍び足で階段を上がり、思わず声を呑《の》み込んだ。二階で光世が、愛用の将棋の駒一つひとつに言葉をかけながら磨いているのだ。

うっとりとしたまなざし。金、銀、角、飛車、歩にも、表と裏に息を吹きかけるように丁寧に布をあてて磨き上げている。

声をかけるのもためらわれるような独特の空気感に、綾子は圧倒された。階段を抜き足差し足戻り、深呼吸をしたあとに、ようやく声を発した。

「た、ただいまー」

光世はいつもと変わらぬ笑顔で綾子を見返した。

「ああ、お帰り、綾子」

その変わらぬ笑顔に、いっそう綾子が嫉妬の炎を燃やしたことも知らずに。


光世のその年の大きな仕事の一つは、綾子の東北講演の付き添いだった。

函館から青函連絡船で青森、そして秋田へ。特急で山形に行き、まず二日間の講演をこなす。それから福島へ行くのだが、その前に、光世はどうしても天童市に立ち寄りたかった。憧れの、将棋の駒の聖地だからだ。

綾子は、光世の心が浮遊していることを敏感に察した。

「……いいわよ、光世さん。気に入った『駒子』ちゃんを探してちょうだい」

許可を得て、光世は目を細めて何軒もの店をまわる。駒に触れる光世の指先、字体をためつすがめつ吟味するその表情を凝視し、綾子は、今までにない複雑な感情を覚えた。

「いいわねー、『駒子』は光世さんにかわいがってもらって」

ところが光世には一向に通じない。

「ん？　どうした？　そうか、綾子も将棋覚えたいのか」

綾子の嫉妬の対象は、一生涯その「駒子」なるものだった。

3

『塩狩峠』とほぼ並行して口述筆記を進めたのが、綾子の自伝的小説『道ありき』である。光世にとってそれは、自分に出逢《であ》う以前の綾子を知る機会でもあった。綾子が語るさまざまな人物を、光世は、まるで自分の友でもあるかのように感じとっていた。

『道ありき』十章。結核で療養中の綾子が、婚約の解消を相手に願い出る場面である。三年間も待たせていながら、完治の兆しは一向に見えてこない。絶望した綾子は、結納金を返すことを決意した。婚約者が暮らす斜里町まで、一人きりで列車に乗る。長い長い乗車だ。

そしてその夜、斜里の海に身を投げようとしたが、婚約者に助けられた。口述筆記をしながら、光世はその元婚約者「西中一郎」という人物の行動に強い関心を持つようになっていた。

光世は、前川正については、写真や短歌を見ていたが、西中一郎という男性については詳しく聞いたことがなかった。

「……西中さんは、今は？」

「江別か札幌にお住まいね。ほら、結婚式のとき、立派な水引をかけたお祝いを贈ってくださったでしょう」

さらりと答える綾子に、光世は呼吸が止まる思いだった。お祝いを通して、西中とはすでに交流があったのだ。

「そうだったか……それでは今まで失礼をしていたかもしれない。綾子、今度あらためてご挨《あい》拶《さつ》にうかがおう」

「え？　西中さんに？　ミコさんったら本当に……」

綾子は、半ばあきれたような、また、半ば敬意を含んだ表情を浮かべた。綾子の元恋人・前川正の写真を、常に胸ポケットに入れている光世。そして今度は、綾子が二十七歳のころに婚約を解消した男性にわざわざ会いに行こうというのだ。

「今の綾子につながる人々、みなさんに、感謝を捧《ささ》げたいんだ」

嫉妬や愛憎、単なる好奇心でもなく、今目の前にいる綾子に関わる全員に感謝したい、それは、嘘偽《うそいつわ》りのない光世の感情だった。

その機会は思いのほか早く訪れた。『道ありき』連載中の一九六七年末、テレビ番組に出演するため、札幌のホテルに連泊したときである。二人はそこで、西中と昼食を共にすることができたのだ。

すでに結婚し、札幌の商社に勤務する西中は、平日だったがホテルまで来てくれた。スーツの着こなしもどこか粋《いき》である。

「西中さん、ですね。ようやくご挨拶できました」

光世が顔を上げると、そこには西中の穏やかな笑顔があった。『道ありき』に描写されていたとおり、鼻筋の通った、映画スターのような美しい横顔の男性である。ひょっとすると前川正と似ているのでは、という光世の想像は、良い意味ではずれていた。

(西中さんまで前川さんと似ていたら、偶然にもほどがある……)

西中と綾子は、戦時中の札幌で、綾子の親戚の家で知り合ったという。二人とも同い年だが、あまりにも西中の顔立ちが端正なので、綾子は勝手に縁がないと決めつけていた。ところが西中は、兵役に就くときわざわざ旭川まで綾子に会いに来た。

(海軍では厳しい日々を送っただろうに、この変わらぬ温厚さはどこからくるのだろう)

「三浦さんも毎日お忙しいでしょう、小説の口述筆記をなさっているとか」

他意のない西中の話しぶりは気持ちが良かった。昼食のあと、光世は西中をロビーに誘い、しばらく歓談した。

『道ありき』の場面を光世がうっかり話しても、西中は拘泥《こうでい》しない。

「ぼくは小説などあまり読まないほうなので。……でも、そうだなあ、そのころぼくは、綾ちゃん の病気がとにかく少しでも良くなるように、それだけを願っていたんですよ」

西中の「綾ちゃん」という発音に、光世は、はっとさせられる。光世は、「綾ちゃん」と呼んだことなど一度もない。

（「綾ちゃん」……そうか。婚約解消を願い出た揚げ句、海に身を投げて自殺しようとした綾子を救ったのがこの人だ。しかも、励まし、無事に旭川に戻してくれた。西中さんは、「綾ちゃん」の命の恩人なのだ）

人柄のよさは、西中の表情からあふれていた。綾子がもし結核に罹《かか》らなければ、この人と——そんなことを初めて光世は考えた。

「今日はお会いできて本当に嬉《うれ》しかったです。……西中さん、あなたは、綾子の命の恩人ですから」

光世はそう言い、深々と頭を下げる。

「いえいえ、恩人だなんて。今度は妻にも会ってもらいたいです。ねえ綾ちゃん、いいでしょう？」

綾子も深く、丁寧に頭を下げた。

4

「一千万円懸賞小説」入選のミリオンセラー作家！
稀代《きたい》のストーリー・テラー！
テレビドラマも絶賛、人気随一の女性作家！

書店では綾子の本にそんな惹句《じゃっく》がつくようになった。けれども、光世にとっては、作家綾子よりも「かっちらかしのお綾」のほうがしっくりくる。何しろ、綾子が散らかして失《な》くしたものを探す姿は、もはや日常の風景なのだから。

たとえば――。

「ないないないない、ない！」

これから病院に行くというのに、健康保険証が見当たらない。

「なくなるはずがないだろう、二週間前に使って戻したばかりなんだから」

「ないない、ない」

こわれたオルゴールのように同じ言葉をくり返す綾子の足指が、何かに当たった。

「あった！」

保険証は、綾子の長いスカートの裾に隠れていたのだ。

またある日。

「ミコ、おととい書いた『帰りこぬ風』はどこ?」

月刊誌に連載を始めることになり、一昨日ちょうど一回目に着手したばかりの小説である。

「そっちのノートの下じゃないのか、ほら」

綾子側の机の上は、何冊もの創作ノートが積み重なって層をなしている。カワウソのように獲物を横方向に並べるならいいが、綾子の場合は、ただひたすら上に積み重ねていくだけなので、探し出すのも手間がかかる。

「こっちにはないわよ、ミコさんのほうじゃない?」

「いや、間違いなく綾子のほうだ」

下書きとはいえ、書き出したばかりの原稿の紛失はゆゆしきことだ。しかも、今日じゅうにエッセーのゲラをチェックして戻す作業も待っている。

「よーく目を見開いて、探しなさい」

光世が命じてから、すでに二十分超。失くした原稿を発掘するまで、ほかの仕事はちっとも進まない。綾子はまだもぞもぞと探している。

「あった!」

やはり、綾子の側のノートの下から見つかった。

「犯人はやはりオヌシか――」

ドラマの刑事のような渋めの声を出す光世に、がばっとひれ伏す綾子。

「ごめんなさい!」

その姿を、光世は「土下座のお綾」とも称している。

年下の吾《われ》に叱《しか》られおろおろと夜更けものさがすあはれ吾《わ》が妻

とはいえ、あまりにも時間がかかった場合、光世も最後には声をやわらげる。
「……ま、なくしても心配するな。必ず地球の上にあるからね」
そんな懐の広いパートナーに対して、綾子は、結婚十年後にこのような詩を捧《ささ》げていた。

三浦光世に捧げる詩　　綾子

光は個体になるのだろうか。
はじめてあなたに会った時
私は本当にそう想《おも》ったものだった。

光が声になるのだろうか
はじめてあなたの讃美歌《さんびか》をきいた時
私は本気でそう思ったものだった。

あれから四年
あなたはギプスにねていた

肺病やみのわたしを待っていてくれた。

そして更《さら》に十年
あなたはすてきな真実な夫だった。
優しくて、親切で、時には怒りっぽくって。
決して光が個体になった天使ではなかったけれど
光をさし示しながら共に生きてくれる立派な人間の男だった。

5

一九七〇年三月、吹雪の旭川。『氷点』を世に送り出した朝日新聞の名物デスク門馬義久が、綾子に続編を勧めてきた。

「え、新聞連載ですか？　しかも、『氷点』と同じように？」

テレビドラマ化や舞台化など、氷点ブームはいまだ翳《かげ》りを知らない。演芸バラエティ番組「笑点」の名も、『氷点』にあやかったネーミングという話さえ聞こえていた。

門馬は、息子が旭川に赴任したこともあり、プライベートでも来道する機会が多くなっていた。今夜は門馬を三浦家に迎え、『続氷点』の実質的な打ち合わせである。四時間近くゆっくりと膝を交えて懇談しても、話題は尽きない。門馬は、まさに二人にとっては「先生」という存在だった。

その夜のメニューを光世は記録しておいた。

◎先生が召し上がったもの　イクラ、カニ、三ツ葉、ニシン、ホッキバター焼、ナス焼、イモの塩煮
△先生が残されたもの　銀杏《ぎんなん》、ウド酢の物、イカ刺、紅鮭《べにざけ》

「門馬先生、酢の物はお嫌いだったのかしら」

「そうかも知れないな、次回は気をつけておこう」

あらかじめ二回分の原稿を見てもらったところ、いつも厳しい感想を寄せる門馬が、すんなりとOKを出した。

ところがその数日後。

「綾子！」

「なあに、ミコさん。よっこらしょっと」

右肩を抑えながら、綾子がのんびり振り返る。そこには、受話器を握りしめ仁王立ちした光世の姿があった。

「綾子！　年表の作り直しだ！」

電話の相手は、当の門馬義久である。新たに書き直した数回分を読んだ門馬が、ヒロインの陽子の年齢に疑問を投げ掛けたのだ。

光世はぎゅっと目をつぶり、うなだれる。特急に二時間揺られ、札幌の郵便局から光世が送ったばかりの原稿でもあった。

「あららら」

「あらら、じゃないだろう。だいたい綾子、『続氷点』にまだ真剣に向き合ってないんじゃないか？　この前の啓造と村井のやりとりも生ぬるかったし、人物描写もゆるい。文章もたるんどる。いいから早く年表を出しなさい！」

『氷点』のころから、綾子は登場人物一人ひとりの年表を作っていた。殺人犯の佐石にも佐石なりの人生があり、労働者生活や軍隊生活があったことを、きちんと造形していたのである。けれども、『続氷点』では、まだそこが甘かった。

もちろん、肝心のヒロインの年齢を間違えるほど、綾子が何本もの原稿に追われていることは、光世自身よくわかっている。怒りを鎮めようとは思うのだが、あろうことか、綾子が火に油を注いでしまう。

「だいじょうぶよ、ミコ。門馬先生、きっとそんなに怒ってらっしゃらないわよ」

「そういう感じ方がいかんのだ！　ここひと月、何度門馬先生が電話くださったかわかってるのか？　あの陽子がどう成長したのか、誰よりもずっと気にかけてくださっているんだ」

しょぼん、として綾子が肩をすくめる。左足の靴下が脱ぎかけで、かかとが畳の上に見えている。

「靴下もちゃんとはきなさい！　何でも中途半端にするからいかんのだ」

「はい……」

「いいか、綾子。無いものねだりをしてるんじゃないんだ。こういう時こそ、何をっ！　と奮い立ちなさい」

口述筆記。推敲《すいこう》。それから清書。

容赦なく迫る締め切りに向け、光世の焦燥感はつのる。つい、言葉も厳しくなってしまう。

けれども、いったん軌道に乗り出すと、綾子の文章は冴《さ》えていく。

（さすが、綾子はプロの書き手だ）

光世のいらだちも、いつしか収まっていくのだった。

6

「今日もお母さんのところでテレビ見ましょうよ」

連載も七割がた進んだ一九七一年一月四日、ＴＢＳ系の「花王　愛の劇場」で、『氷点』の二度目のドラマ放映が始まった。小山明子、安井昌二らが出演し、テレビ視聴者が『氷点』のストーリー展開にハラハラする傍ら、新聞読者は、『続氷点』の複雑な人間ドラマを日々見守っていたのである。

「あーあ。テレビが、我が家にもあったらなあ……」

何度となく綾子はそうつぶやくが、その都度、光世は聞こえないふりをした。

一九七〇年秋。秘書として夏井坂裕子《なついざかゆうこ》を雇うことになり、綾子の仕事の能率は上がってきた。ただ、来客や編集者をもてなすにはあまりに家が手狭であり、近くに少し広い家を建てようと綾子が考え始めたのもそのころである。

「まあ、さすが棟梁《とうりょう》！　そんなことがあったのに、よくぞご無事で」

「ははは、いや、これなんかはまだまだ序の口で」

家を任せる鈴木新吉《しんきち》棟梁の身の上話は、桁外れにユニークだった。

「貴重なお話、ぜひ録音させてください」

打ち合わせの傍ら、棟梁の武勇伝や従軍談をテープに録音し、裕子秘書が文字起こしを担当する。魅力的な棟梁一代記が仕上がりそうで、光世も目を細めて聞いていた。

そのころの光世の日課は、ラジオの英語講座を聞くことと、花や樹木などの風景画、とくに、日本画を眺めることだった。

旭川在住の日本画家、小浜亀角《こはまきかく》のアトリエを訪問したときも、光世は綾子とともに感嘆符ばかり発していた。

「菊一輪を、こんなにさらっと……」

『自我の構図』という小説の取材で訪ねたのだが、小浜は、実際に絵を描くことを勧めてきた。

「新居をあなたたちの絵で飾るのもいいですね」

「いえいえ、とんでもない。我が家には小浜先生の作品を飾らせていただきます」

小浜は何かとほめ上手で、光世がナスビを描けばその流線をほめ、綾子がアヤメを描けばその素朴さをほめる。毎週、帰りに「宿題」が出されるのだが、その週の宿題はボタンの花だった。

「ミコさんったら、ホント、凝り性なんだから。ふあぁ〜」

深夜一時。まだボタンの絵と格闘する光世に、綾子はあくび混じりで声を掛けた。見たままに描き、手直しもしない綾子とは対照的に、光世は下書きの段階から何度でも描き直す。それなのに、ほめられる回数は綾子のほうが多いので、内心、光世は面白くない。

けれども今回は、その努力が実を結んだようだ。

「ほう、光世さん。立派ですよ！　いや立派なものだ、俺より上手《うま》い」

夜遅くまでかかったボタンの絵が、小浜に大いにほめられたのだ。

「本当ですか、先生！」

破顔一笑、という四字熟語のままに喜ぶ光世。綾子も横でそっと拍手をしている。

「上達しましたね、本当に。……そうそう、お約束した旭岳の絵、包んでおきましたから、今夜でもどうぞお持ち帰りを」

以前から所望していた、小浜の味わい深い日本画である。光世は、その絵を宝物のように大切に抱きかかえて持ち帰った。

新築の家に飾る絵も用意でき、棟梁の身の上話の聞き書きも快調に進む。これは後日、『岩に立つ』という小説になった。

「あの、できれば……二階にもトイレを作ってほしいんですけど」

綾子のおそるおそるの提案も、棟梁は快諾してくれた。大腸炎などに悩まされてきた夫婦の要望は、のち、綾子の介護のときにもたいへん役に立ったのだった。

自宅新築に向け、図面や届けの準備も進んだころ、『続氷点』の新聞連載に思いがけない話がふってきた。二月二十三日。綾子の原稿の第一読者門馬義久から、早口でこんな電話があったのだ。

「五月十日まで延期ということで、何とかつないでもらえませんか」

連載は今年の三月半ばまでの予定で、あと半月ほどである。ところが、綾子の後に連載を予定している作家の原稿が遅れ、延期を求められたのだ。

突然の提案だったが、綾子はいつもの通り動じない。けれども光世の顔は、先日描いたナスビの絵のように青ざめた。

（二カ月近くも、どうやって話を引き延ばせばいいんだ……！）

五月四日。東京の朝日新聞本社で、『続氷点』完結の祝賀の席が設けられた。単行本もスピード刊行されることになっている。

「急な話だったのに、実にうまくつないでくれましたね。本当にご苦労さま」

間延びしそうなとき、動きのあるカーチェイスの場面を入れる意外な展開にしたことは、門馬からも評価が高かった。光世と綾子は、照れくさそうに顔を見合わせた。

翌日の昼。二人は寿司《すし》屋に入った。大将に、旭川から来ましたと伝えると、威勢の良い声が返ってくる。

「旭川ですか！　『氷点』のソノアヤコさん、私ファンですよ！」

人気作家の曽野綾子とは、時々名前を間違えられることがあった。苦笑する光世の隣で、ソノならぬミウラ綾子は、笑顔で大トロをほお張る。
「はい私、その、三浦綾子です。うわー美味《おい》しい！」

7

絶句のあと、慟哭《どうこく》、という漢字でしか表せないような悲しみが光世を覆った。悔しい。口惜しい。嗚咽《おえつ》がとまらない。

綾子の弟昭夫が、交通事故で、突然命を奪われたのだ。

昭夫は堀田家の五男で、綾子より五歳下の四十四歳だった。結婚して以来、光世は綾子のきょうだい全員を実の肉親のように思い、親しく交際を続けていた。

朝日新聞での懸賞小説募集の記事を知らせてくれた、末弟の秀夫。光世と同い年の四男、鉄夫。綾子の姉百合子は歌人でもあり、さまざまな場できょうだいたちに助けられている。その中でも、昭夫から受けた親切は、身にしみるものが多かった。

光世と綾子が新婚時に暮らした家は、もともとは昭夫一家が住んでいた借家だった。納屋を改造して作ったもので、貸主の家屋とは棟つづきとはいえ、独立した小さな我が家だった。

雑貨店三浦商店を開業したときも、昭夫のアドバイスに助けられた。タバコの出張販売先として、昭夫の職場である鉄道の貨物事務所を紹介してくれたのだ。

「なぜ、昭夫くんが……」

さかのぼれば、綾子が脊椎《せきつい》カリエスで自宅療養していたころ、のれん製作の内職資金三十五万円を調達してくれたのも昭夫だった。休みの日には材料の買い入れも手伝い、出来上がったのれんをデパートや旅館などに売り込みにも行ってくれた。そのこまめな働きのおかげで、予想以上の売り上げがあったのだった。その昭夫が、命を奪われた。

一九七一年十一月。雨の夜。横断歩道を歩いていた昭夫は、ものすごい速度で走ってきた車にはねられた。会食後、自転車で帰るという同僚を心配し、タクシーを探していたところだったという。すぐに病院に運ばれたが、三日後に帰らぬ人になった。

はねた男には、スピード違反で免許停止処分を受けた過去があった。しかも今回の事故は、その処分が解除になってからまだ数日だったという。

危篤の昭夫の病室に、その男が姿をあらわした。

（……何？　薄ら笑いを浮かべている――）

光世は一瞬だけその男を見た。そのとき初めて「殺意」という感情を、光世は自分事として意識した。

（こういう思いなのか、人間の殺意とは――）

光世は、自分の視界に二度とその男が入らないように背を向け、昭夫の二人の息子の肩を抱いた。そして、何度も名前を呼んだ。呼ぶしかなかった。

「昭夫くん、昭夫くん……」

のち、昭夫に向けた挽歌《ばんか》を作っている。

吾《われ》ら移転の度に荷物を持ち運びくれし手よもはや動くことなし
頭なべて覆《おほ》へる白き繃帯《ほうたい》のそのままに柩《ひつぎ》に納められたり
脈絶えし後の二日に腫れ少し引きし面《おもわ》を菊花に埋《うず》む
相すまぬ思ひありやなしニヤニヤと男をり人を車に跳ねて
あなたがた二人はいつも共にゐよ訪《と》ひ来し日の義弟の最後の言葉

その前にも堀田の家には悲しい出来事が続いていた。

一九六九年には、綾子の父が亡くなった。三年ほど床についたままの最期だった。

また、一九七一年二月には、堀田家の長兄・道夫が脳卒中で倒れ、長い闘病生活を送ることになった。

　戦争という激動の時代を生きた道夫の半生は、劇的でもあった。牛乳販売業を始めたあと、軍属として中国へ。戦争末期に東京に引き揚げたが、東京大空襲で罹災《りさい》するという憂き目にあった。仕事を求めて樺太に渡ったあと、まさかのソ連軍の侵攻にあう。シベリアでの捕虜生活を経て、ようやく帰国できたのは一九四九年だった。

　もしも戦争がなければ、また別の人生を送ることもできたのだろう。「もしも」という言葉の切なさを、光世はここ数年、かみしめることが多くなっている。

「もしも……綾子」

「なあに、ミコさん」

「……いや、この話はやめにしよう」

支えてもらってきた家族、きょうだいに自分たちができること。それは、綾子が小説を書き続けること。それしかない。

光世は、喪服をタンスの奥深くにしまい込んだ。

8

「早《はよ》うせんか、綾子。早うせんと、いてまうぞ」

また光世自慢の声帯模写が始まった。映画で覚えたドスの利いた関西弁で、綾子の顔を見上げるのだ。

「そんなの、できひん」

お粗末なアクセントで、綾子も返す。だが、おどけた口調と裏腹に、目は笑っていない。実際、あと一時間で郵便局の本局に届けなければ、原稿の締め切りに間に合わないのだ。

一九七二年。秘書が二代目の八柳《はちやなぎ》洋子に代わり、今まで以上に仕事の効率は上がっていた。けれども、相変わらず光世は時間管理に悩まされている。何しろ最近は、すべて綱渡りで締め切りを乗り切っている状態なのだ。

今抱えているのは、「週刊女性セブン」に連載『残像』、月刊誌「短歌」に自伝的小説『石ころのうた』、さらに、エッセーとして『旧約聖書入門』も月刊誌に連載中である。合間に読み切りの短編を複数執筆しているが、短編と言っても原稿用紙で四十枚から百枚など、かなりのボリュームがある。

テレビ時代でもあり、綾子にも出演の打診が多くなった。ＨＢＣテレビの番組に連続出演することも決まり、札幌のスタジオで数回分をまとめて収録するなど、定期的な札幌往復も増えてきた。

また、光世と綾子の初の対談集『愛に遠くあれど』のために、講談社のスタッフが三浦家にまる二日滞在し、カンヅメで一冊分を録音したのもこのころだった。

加えて、光世自身もクリスチャンの月刊誌の短歌欄選者となり、ほかの月刊誌で『聖書ものがたり』の連載も始まった。綾子の原稿のサポートに加えて、自身の締め切りも管理しなければならない。

光世は、時間に関しては、営林局時代から神経質だった。カレンダーはきっちり把握しており、五分間隔で腕時計を見るほどの管理屋である。数本の原稿を同時並行でこなしていても、ぎりぎり締め切りには間に合わせられるという特技がある。対して綾子は、体調によって進み具合にばらつきがあった。

ある日、光世はいつも以上に丁寧に墨を磨《す》り、筆を動かしてこんな言葉を書いた。

「石川達三先生一カ月前、
一里行く者と共に二里行け」

東京で打ち合わせをしていたとき、大手雑誌社の編集者が、さも感心したようにこんな話をしていたのだ。

「石川達三先生は素晴らしいかたです。必ず締め切りの一カ月前に原稿をくださるんですから」

第一回の芥川賞受賞作家であり、戦後も『青春の蹉跌《さてつ》』など、話題作を発表したベストセラー作家である。

うわさでは、締め切り破りの常習作家がいたり、そもそも締め切りという概念がないような作家もいたりというので、石川達三の逸話は、尊敬するばかりでもあった。

「綾子、よーく聞いておきなさい」

そっと、ではなく聞こえよがしに光世が言ったのを、綾子も聞いていたはずである。

大きな字で貼り出された「石川達三先生一カ月前」は、綾子からよく見える位置にある。ところが、綾子はその下の文字にしか関心がない。

「『一里行く者と共に二里行け』って、マタイ伝ね。文語訳だと、『人もし汝《なんじ》に一里行くことを強いなば、共に二里行け』だったかしら」

「綾子、その上の文字を読みなさい」

「石川達三先生ね」

「その下は？」

「さあ……目が悪くなったのかしら。テンしか見えない。あははははは」

「こら綾子！　笑ってごまかすな」

常に同時並行の執筆や出演、講演を何とか切り抜けてきたが、それらは綾子の気力を想像以上に消耗させていた。

札幌での講演のあと、ホテルに泊まり、一気に『石ころのうた』の口述筆記を進めていたときである。

「……ごめんなさい、ミコ。ちょっと咳《せき》が……」

それまでよどみなく話を進めていた綾子が、急に咳こんだ。

咳はしばらく止まらず、綾子はティッシュを抱えて洗面所に駆け込む。しばらくの静寂。咳。さらに咳。

光世が意を決して近づくと、綾子は、血の混じったたんを出してうめいていた。

「だいじょうぶか、綾子！」

9

一九七三年。光世四十九歳、綾子は五十一歳と、仕事にあぶらののった時期である。

札幌のホテルで口述中にのどから血を流した綾子だが、のちに帯状疱疹《ほうしん》、直腸がん、パーキンソン病などを患い「病のデパート」と称されることになる兆候は、このころから少しずつ現れていた。

初夏、光世の姪《めい》隆子が結婚し、三浦家を離れた。代わりにさまざまなことを手伝ってくれる秘書の八柳《はちやなぎ》洋子が、もと看護師であったことは、病弱な夫婦には何より心強いことでもあった。

年明けは、「主婦の友」一月号から連載開始の『細川ガラシャ夫人』に取り組んでいた。初めての歴史小説である。

そんな中、二月に入って、綾子が弱々しい声を出した。

「ごめんミコ、お腹《なか》が痛い……」

「横になっていなさい、今、医者に来てもらうから」

光世はいやな予感がした。一時期は五十五キロあった綾子の体重が、最近は五十キロに落ちている。光世が四十九キロなので、ほとんど変わらない体重になっていた。

吹雪の中を来宅した医師の診断は、幸い、悪いものではなかった。

「結局また、大腸炎なのね」

少し安心した口調で、トイレを行き来する綾子。やや遠慮がちに、光世が綾子の肩をさする。

「もう少しやれるか？　綾子」

今週中に、原稿用紙百枚の小説を入稿しなければならない。薬をもらい、お腹を押さえながら仕上げたそれが、『足跡の消えた女』だった。スピードを上げて清書し、光世はさっそく「小説宝石」あてに郵送した。

ところが週明け、編集者から、恐縮そうな声の電話があった。

「あの……百枚のお原稿、まだ届いていないのですが……」

「ええ？」

光世は慌てて郵便局に問い合わせる。これまで原稿は、なじみのタクシードライバーに託したり、バイクで本局に運んでもらったりしていた。やはり自分で行くべきだったか……と悔やむが、幸い、一日遅れるだけで明日には届く、と吉報が入った。

二月末、長野政雄の命日が近づいたころ、かれをモデルにした『塩狩峠』映画化の正式決定が知らされた。松竹の助監督や演出家が三浦家を訪れ、光世たちはカニ鍋で歓待した。

またそのころ、思いも寄らない大きな話が舞い込んできた。

朝日新聞東京本社から二人の記者が訪れ、綾子の作品集を刊行したいというのだ。光世は首をひねる。

「作品集と言っても、まだそれほどの分量はないと思うのですが……」

「ええ、十年後を目指しています。気の早い話ですが、十数冊にしてしっかり揃《そろ》えたいと考えています」

「はあ……では、ほかの出版社からの作品も、そちらに？」

「その辺りの交渉は私どもで紳士的に行いますので、ご心配はいりません」

十年後――。気の早い、というより気の長い話に、タラバガニをふるまいながら、光世と綾子は顔を見合わせるばかり。

「……ミコさん。私たち、十年後も健やかにいられるかしら」

「健やかにしていかないとな。こうして待ってくださる人々のためにも」

そして三月。いよいよ映画「塩狩峠」のロケ開始である。中村登監督、主演の中野誠也はじめ、スタッフ総勢五十人ほどが北海道に入った。

旭川と塩狩峠、そして夕張でも撮影が行われるという。初日は雪がちらちらと降っていたが、旭川中心部のロケは、順調に進んだ。

数日後の夕張ロケでは、列車暴走のシーンも無事に撮影が終了した。夜は氷点下二十度にもなる寒さの中での撮影である。ハイヤーで移動してそれに立ち合いながら、光世は、撮影スタッフのチームワークの良さ、妥協を許さない仕事ぶりに胸打たれたのだった。

毎年三月は、作家にとっては緊張の月である。税務署に前年度の収入を申告し、国税、道市民税などが申し渡されるのだ。

営林局では経理担当だった光世だけに、帳簿に記入することは慣れていたが、この時期だけは綾子なみに肩がこる。

綾子の前年度の総収入は三千七百万円。所得は二千八百万円。国税は――一千三百万円近く、と光世は日記に書きとめ、静かにペンを置いた。

「無事に今年も納めさせていただき、感謝いたします」

税金をとられる、ではなく「納めさせていただく」という言い方を、光世は気に入っている。

このあと、まさかのお金の苦労が待ち受けていようとは、光世も綾子も想像さえしていなかった――。

10

「き、九千四百万円?!」

居合わせた人々は、開いた口の閉じ方を忘れたような表情で見積書に見入っている。

一九七四年春。光世たちの通う旭川六条教会の総会の席で、議題は会堂の新築についてである。

「なぜ、六千万円から、そんな高い数字に？」

当初の会堂新築予算は、六千万円だった。それだけでも高額ながら、オイルショックで工事費が値上がりし、まさかの九千万円台になってしまったのだ。

「どうやってまかなう？　もうこれ以上の献金など……」

議論は長引いた。光世と綾子は、病みがちのためふだんは役員をつとめないのだが、二人とも会堂建築委員にはなっていた。

六条教会は場所が良い。市の中心部に近く、その地の利の良さが、高額の見積もりに反映されているらしかった。

綾子は思うまま、発言する。

「もしそうなら、どこか他の場所に移して建ててはどうですか？」

一瞬静まった室内に、不協和音が左右から吹き出してきた。

「いいえ、この地にあることが、大切なのです」

「そうです、その通りですよ」

口々に放たれた言葉は、現在の場所を堅持するものばかりだった。綾子は素直に引き下がる。

会員が急に増えるわけでもなく、声を掛けた人々からの献金はすでに集まっている。今のこの段階で、三千万円以上をどうやって集めることができるのか――。

帰り道での強い風。光世と綾子は、それが自分たちに吹きつけられた風のように感じた。

「まずは身体を休めよう。考えるのは、明日だ」

「そうね……」

翌朝。いつもは寝坊の綾子が、この日ばかりは逆に光世を起こした。

「ミッコ！　私やってみる、電話してみる！」

出版社に、今後の印税を前借りしようという提案である。いつもは慎重な光世も、その朝はすぐさま首を縦に振った。

春の嵐。思い立ったら即行動の綾子は、月曜朝早々に各編集者に電話をかけ始めた。春コートを着た光世は、地元の銀行に相談に出掛ける。その姿を目で追いながら、綾子は、電話をかけ続けた。

「ええ、お借りしたいんです。急なことで本当に恐縮ですけれど、印税を前借りしたいんです」

これまでつながりがあった七、八社に訴える。そして昼過ぎ、各社から、五月雨のように着信があった。

「そうですか、感謝いたします。ありがとうございます……！」

すぐにも三社から、合わせて一千万円の了解が得られた。綾子が拍子抜けするほどの快諾でもあった。断られる、もしくは、不快な声を出されると案じていた綾子は、帰宅した光世に勢いよく報告した。すると、光世の雨に濡《ぬ》れた髪が乾かないうちに、さらに複数社から色よい返信があった。

「綾子」

「ミコさん……」

僥倖《ぎょうこう》、という言葉を、二人は実感するのだった。

五月。建築協議会が開かれ、いくつか質問が出たものの、高額の見積書のままに契約が結ばれた。定礎式は八月に行われ、工事も順調に進んでいった。

そして年末、二人は無事に新しい会堂で礼拝することができた。

「……でも結局は、私たちのがんばりなんて、ほんの一部だったわね」

ぽつりと、綾子がつぶやく。

「そうだよ、綾子。会員の一人ひとりが動いて、呼び掛けて、祈ったおかげなんだ。決しておごり高ぶってはいけない」

「はい」

綾子は祈りの続きのように目を伏せる。そして、口を開いた。

「ねえ、……光世さん」

何か思うところがあるとき、綾子は「さん」付けで呼ぶのだ。

「ちょっとしたご褒美《ほうび》、欲しいわ」

「ご褒美？　自分たちに褒美など要らないだろう」

「それなら記念は？　お祝いとか？」

「そうか。会堂新築を祝って……」

「テレビが欲しい！」

そしてようやく、『氷点』デビュー以来ずっと綾子が欲しがっていたテレビが、十年もの歳月を経て三浦家に備え付けられた。厳しく拒んできた光世も、このときばかりは柔らかな顔を見せた。

（これはお祝いだ。綾子の粘り強い、真摯《しんし》な仕事の）

11

教会の会堂新築のために印税を前借りしたこともあり、一九七四年も原稿に追われる日が続いていた。

作家生活十年を迎えた綾子は、原稿を仕上げるスピードも安定してきている。

「綾子一日五枚。光世一日二枚」

数年前から光世は、個人名でクリスチャンの月刊誌の短歌欄選者や、『聖書ものがたり』の連載も引き受けていたが、綾子ほどは安定していない。しかも、光世は二人分の原稿に関わるので、時間はまたたく間に過ぎていくのだった。

そんな限られた時間の中、映画好きな光世は、試写会に招待されると喜んで出かけた。光世がこの年、最も印象に残った映画は、今井正監督の「小林多喜二」だった。

「多喜二の母が、なきがらに顔をすり寄せるシーンにほろりと来たよ」

シナリオを読み、試写を見終わったあとも、そのシーンが脳裏から離れない。光世は綾子にも映画を勧め、多喜二の著作も目立つところに置いた。

「……いつか、綾子が小林多喜二を書く日が来るといいだろうな」

対して、綾子の関心はそれほど高くはない。

「多喜二？　ムリムリ、難しいことわからないもの」

新たな題材に取り組む前に、まずは、目の前の借金をどうにかしなければならない——出版社とのやり取りも、これまで以上に濃密になっていた。

たとえば四月二十五日。綾子の五十二歳の誕生日には、『細川ガラシャ夫人』を連載中の主婦の友社から、編集者が訪ねてきた。石川数雄社長からの伝言を預かってきたという。

「……実は、先日の印税の前借りの件ですが」

何か厳しい条件でも、と身構える二人の前で、編集者は白い歯を見せた。

「社長が、一度に印税と相殺ではたいへんでしょうから、何年かに分けて相殺することにいたしましょう、と、このような案を示しております」

予想もしていなかった寛大な提案に、綾子はうっすらと涙さえ浮かべる。細川ガラシャを小説に書くよう、ずいぶん前から激励していたのも、その石川社長であった。

「玉稿、今後も楽しみにしております」

折り目正しく一礼する編集者の言葉は、この日最大の誕生日プレゼントとなった。

翌二十六日には、刷りたての単行本『石ころのうた』を持って、角川書店の編集者が訪ねてきた。

「まあ、私たちの子どもね！　めんこい、めんこい」

綾子が赤ん坊をあやすような声を出し、一同笑いの場となる。事実、一冊一冊の完成は、わが子の誕生のようでもあった。

慌ただしくとんぼ返りする編集者を旭川空港まで送り、光世と綾子は高く手を振った。

七月初めには、講談社から女性編集者が励ましに訪れた。綾子との対談集はじめ、綾子の晩年まで三十年近くも担当した女性である。

「長くお待たせしてごめんなさいね。鈴木棟梁《とうりょう》のお話、一月から少しずつ進めてますから」

「そうですか、辛抱強く待ちます。楽しみにしています」

この講談社で進めていた『岩に立つ』は、三浦家を新築してくれた棟梁鈴木新吉をモデルとした小説だった。豪放磊落《ごうほうらいらく》、一人称でリズミカルに語られる棟梁の半生は、書き下ろしにふさわしい勢いがあり、女性編集者もしばしば三浦家を訪れて応援していたのだった。

その二日後には、集英社の担当者二人が訪ねてきた。夕食をとりながらの打ち合わせで、前年に新創刊された「月刊セブンティーン」への連載を勧められる。けれども綾子には、提案された小説のジャンルがぴんと来なかった。

「ジュニア小説ですか?」

「いえ、そこまで年齢は低くなく、われわれは『ティーンズ向け』と言っています」

少女小説ではなく、十代の多感な女子向けの小説という。

「じゃあ……私が十代の女の子に成り代わって書けばいいのね?」

こうして、『石の森』が誕生することになる。

そしてほぼ一週間後は、秋から連載する「週刊朝日」の小説『天北原野』の取材だった。朝日新聞の記者と、装丁を担当する画家と共に稚内へ向かう。車中から見えた夕陽《ゆうひ》は雄大で美しく、これは良い作品になる、と綾子は確信した。

綾子がそっと祈る声を、光世は聞くともなく聞いていた。

「もう一人、かわいい子どもが健やかに育ちますように……」

12

綾子への原稿依頼はきりがない。一九七四年の年末、そろそろ恒例の、自宅での「子どもクリスマス会」の準備をと思ったころ、北海道新聞の権瓶泰昭《ごんぺいやすあき》学芸部長と旭川支社の合田一道《ごうだいちどう》デスクが連れ立ってやって来た。

「いかがでしょう、来年の秋からの日曜版の連載小説を、お引き受けいただけないでしょうか」

ちょうど夕飯時で、近年気に入っている鉄板焼きを勧めながら、光世はスケジュールを思案した。

すでに五、六社と書き下ろしや連載の話が進んでおり、とくに長い連載になる予定の『天北原野』は、道北はじめ、多くの場所に行く必要がある。

ところが、光世がカレンダーを眺めているすきに、綾子があっさりと快諾してしまった。

「はい、お引き受けします」

「ち、ちょっと待ってください」

あわてて光世が間に入る。

「来年の秋では厳しいので、せめて再来年スタートではどうでしょう」

三、四カ月の猶予をもらい、光世はようやくひと息ついた。
「綾子、日曜版の連載にあの話はどうだろう。大正泥流、十勝岳の噴火の話だよ」

この提案が、『泥流地帯』を書くきっかけとなった。


大晦日《みそか》。綾子の実家で寿司《すし》をごちそうになったあと、光世は、『天北原野』の清書にとりかかった。すでに夜八時を過ぎている。

「ミコさん、紅白歌合戦は?」

「いや、今日じゅうに必ずこれを仕上げてみせる」

「じゃ、見ないで待ってるわ」

すねたふうでもなく、綾子はテレビを消して、光世のそばにやって来た。

「今日はミコさんの肩、もんであげますね」

気がつくと、除夜の鐘がおごそかに鳴っていた。


明けて一九七五年元旦。深夜まで清書していた光世は、さすがに寝坊してしまった。隣の布団で、綾子も何か寝言をつぶやいている。原稿に追われる二人は、元日から仕事をすることがほぼ習慣になっていた。

「ところで綾子、今夜、本当に兄さんに来てもらうのか?」

連載中の『天北原野』は、メインの舞台の一つが樺太《サハリン》だった。渡航が難しい樺太については、何人かから体験談を聞く約束をしている。光世の兄健悦も、かつて樺太の国境近くで木材の運搬作業をしたことがあり、格好の取材対象だった。

「ええ、お兄さんのお話は臨場感があるし、とても参考になるもの」

確かに、以前書いた中編『逃亡』は、樺太のタコ部屋から脱走する話で、十六歳で出稼ぎに行った健悦の体験が鮮やかに再現されていた。子どものころから文才があると教師に評価されていた兄は、心強い協力者である。

夕方、兄は気軽に遊びに来てくれた。

「年始じゃなくて取材のためだから、メシなんかはいらないよ」

遠慮なく、綾子が兄を質問攻めにするさまを、光世は傍《そば》で目を細めて見守っていた。

(ああ、ここにも「家族」がある)

光世が堀田家にすっかりなじんでいるように、綾子も、それ以上に三浦の家族の一員になっていることが、誇らしい思いだった。

小正月を過ぎたある夜、その兄がふいに訪ねてきた。

「まあお兄さん、いらっしゃい。上がって、上がって」

「この前の続きでほら、これ、思い出したから」

吹雪の日に遭難した体験を、わざわざ文章にして持ってきてくれたのだ。それを読み上げながら話をするにつけ、話の接ぎ穂はあれからこれへ次々と。三十分、一時間と時が経《た》ち、たちまち深夜に近くなってしまった。

「じゃあな、また来るよ」

「おやすみなさい。帰り道はくれぐれもお気をつけて」

懐中電灯を持ち出し、兄の背中を見送る。

そして。

「それーっ！」

二人は一気に階段を駆け上がり、書斎兼寝室へ。向かい合って座り、綾子は両目を閉じる。たった今、兄から聞いたその話を、自分の口調で語り直していく。その気を殺《そ》ぐことなく、テンポよく原稿用紙にペンを走らせる光世。

「はい、……はい」

兄に出した茶碗《ちゃわん》が片付けられたのは、翌日の昼のことだった。

13

旭川の木内綾《きうちあや》が創作した優佳良織《ゆうから》の白いベストが、綾子に良く似合っている。

一九七五年八月十一日午後六時。夕方になって暑さはやわらいだが、旭川市民文化会館大ホールの熱気は、収まることがなかった。

この日、三省堂書店旭川店の開店記念文化講演会として、綾子と、松本清張、そして渡辺淳一による講演が行われたのだ。

『氷点』執筆中に松本清張の講演を聴いた綾子は、デビュー後、作家としての心構えを折々教えてもらっていた。今回も講演の後、綾子は松本清張の隣に座り、親しく会話を交わすことができた。

渡辺淳一と綾子は、のち、朝日新聞北海道支社主催「らいらっく文学賞」の選考委員を共に担当することとなる。当時四十二歳の新進直木賞作家は、サングラスが似合い、白いジャケット姿で女性たちの熱い視線を集めていた。

翌日、新聞記者らと共に旭岳や天人峡に同行した光世は、松本清張と渡辺淳一に、小説作法をじっくり伝授してもらいたいような思いにかられていた。

（小説を書くということは、何とたいへんな仕事なのだろう――）

ここ数年、光世はとまどうことが増えてきた。綾子の原稿を清書し、第一読者として感想も述べるが、ときに自信を持てないこともあった。自分たちの経験不足、とくに子育ての経験がないことと、読者との間の急激なジェネレーションギャップに、今までにない危機意識が生まれていたのだった。

ちょうど手掛け始めたティーンズ向け小説『石の森』では、とりわけそうだった。

引き受けた当初、綾子は戦時下の七年の教員生活を反映できると考えていたが、それは甘い幻想に過ぎなかった。一九七〇年代の十代は、取り巻く環境も価値観も貞操観念も、また、目上に対する意識もまったく一変していた。

「この話し方、今の十代には自然だろうか？」

まずは、綾子の語るがままに筆記するが、手直しの段階で、光世は遠慮なく質問する。

「『パパ』『ママ』ってあえて使ったのよ。外国文学ふうに」

「うん。ただ、友人同士の会話は、自然体、等身大にしないと」

「等身大？　うーん、そうねえ」

綾子は、素直にいくつかの表現を改める。改行を増やし、会話でテンポ良く進めることにする。その日、三十枚は書き直したが、光世の清書は二十枚でダウン。あと十枚は明日に延ばした。

けれども、その最後の十枚の内容が、さらに光世を不安にさせる。

「綾子。百合子姉さんに電話してみないか？」

「え？」

札幌に住む綾子の姉は、夫とともに教育にたずさわっていた。歌人としての交流もあり、札幌での仕事のときはよく自宅に泊めてもらってもいた。

「日曜日だけど……」

「日曜だから、いいんじゃないか」

綾子の原稿が、日頃十代に接している姉に、違和感なく伝わるだろうか。光世は、自分たちに足りない点を補ってもらいたかった。

「もしもし、百合子姉さん」

約一時間かけて、電話でゆっくり原稿を音読し、聞いてもらう。初めてのことだったが、やはりそれが功を奏した。何カ所か言葉の言い換えを提案してもらい、光世もようやく不安から解放された。

綾子が以前、大御所の丹羽文雄からもらったアドバイスを、光世は思い返した。

「自分のよく知っている世界を書くことが第一ですよ。場所にしても、人物にしても」

その言葉を糧に、これまでも綾子は、小説に登場させる場所には必ず行くようにし、樺太のように行くのが難しい場合は、体験者から話を聞き、ノートをとって追体験した。

（自分がよく知っている世界。自分がよく知っている人物――）

けれども、体験できる範囲には限りがある。

（今日のように、家族に、人に力を借り、助けてもらおう）

子どものことも、それを知っている人々に助けてもらえば良いのだ。光世は、自分の肩に力が入り過ぎていることを意識し、軽く深呼吸をする。そんな光世の肩に、綾子がそっと手を置いた。

14

一九七四年十一月から始まった大河小説『天北原野』の連載は好調に進んでいる。大正期の関東大震災から、日中戦争、太平洋戦争、そして戦後へ。舞台も、道北の天塩郡や、当時日本の領土だった樺太、稚内など、スケールの大きな作品である。

数年かけて回った取材旅行は、思いがけず光世の旧交を温める旅にもなっていた。たとえば後半、「鬼志別《おにしべつ》」の章は、猿払原野の北方が舞台だった。ヒロイン貴乃《きの》の夫完治《かんじ》がクマに襲われそうになるシーンがあるが、そのクマの生態については木村盛武《もりたけ》に教えを乞うた。光世と同じ旭川営林局に勤めていた人物である。

旭川営林局は、「寒帯林」という広報誌を発行していた。光世も読んでいたその誌面に、一九六五年、木村は「獣害史最大の惨劇苫前羆《ひぐま》事件」を発表した。のち、吉村昭が取材し、話題作『羆嵐《くまあらし》』に仕立てた「三毛別《さんけべつ》羆事件」のドキュメントである。当時、一読者として読んでいたものが取材対象となったことに、光世は特別な縁を感じた。『氷点』では、光世が綾子を連れていった外国樹種見本林が重要なシーンに使われた。また、次に書く『泥流地帯』も、光世が営林署勤務のころに見た図書『十勝岳爆発災害志』が参考文献の一つである。光世の体験や見聞が、綾子の小説に描かれ、再現されていくことは、胸に迫る思いでもあった。

とはいえ、『天北原野』の口述筆記をしながら、光世はこれまでにないとまどいを抱くことになった。

綾子と自分は、ほぼ一体だ。これまでもほとんどのことを分かち合い、わかり合ってやって来た。ところが――光世が記憶の彼方《かなた》に置きざりにしてきたものを、綾子はずっと引きずっていたことを、この『天北原野』で思い知らされたのだ。

貴乃には、思いの通じ合った孝介がいた。小学生のころから好意を寄せ合った二人だが、そんなかれらを、土地の有力者の息子完治が引き裂く。強引に貴乃を奪い、結婚してしまったのだ。

失意の孝介は、樺太に渡って財を成し、完治の妹あき子に結婚を申し込んだ。完治への復《ふく》讐《しゅう》という、暗い思いを秘めて。

けれどもあき子は、孝介を純粋に尊敬し、愛そうとしていた。それなのに孝介の心の内には、義姉の貴乃しかいない。

あき子の純粋な思いを知ってか知らずか、結婚初夜から、孝介はあき子に指一本触れなかった。貴乃を思い続けるあまり、あき子を抱こうという気持ちが起こらないのだ。

孝介とあき子の初夜のシーンに、こんな会話がある。


「おや、七時半か、おふくろが淋《さみ》しがっているだろうから、ちょっと行ってくるよ」

「あら、わたしも行きます」

「いや、おふくろも君も、今日はこれ以上疲れないほうがいい。寝たければ、先にベッドに入っていていてもいいよ」


「寝たければ、先にベッドに入っていてもいいよ」——そう発音したときの綾子の声の低さに、光世は、長い爪で背骨をすーっと一直線に触られたような思いがした。身が凍った。

しばらく経《た》っても、孝介はあき子の身体に一向に触れようとせず、貴乃ばかりを思慕するシーンが続く。そしてある夜、風呂上がりのあき子は、意を決して孝介の側に行った。


部屋に戻ると、布団の中に腹這《はらば》いになって、孝介は新聞を読んでいた。あき子はストーブのそばに横ずわりになった。

「ねえ」

「うん」

ぎょっとしたように孝介は気のない返事をした。

「わたしもたまには、畳の上でねてみたいわ」

孝介は体をねじってあき子を見、

「ああ、ねたければ、ねるといいよ」

と、新聞を持ったまま布団の外に出た。

「気のない返事をした」の前に、「ぎょっとしたように」と矛盾する表現がある。綾子らしくない複雑さに、原稿用紙に向かう光世の手は重たくなった。

「ねたければ、ねるといいよ」という、一見やさしそうな物言いに込められた陵辱《りょうじょく》感。陵辱以上の、さらに鞭《むち》打つような辱《はずかし》め。それを感じさせたのは、かつての自分ではなかったか――。

光世は、忘れかけていた新婚当初の自分を、否応《いやおう》なく見せつけられていた。

15

（前川正さん、教えてください）

不惑の四十ならぬ、五十歳を過ぎて初めて光世は、「とまどう」という言葉をかみしめていた。確かに結婚初夜、文字通り指一本も触れずに先に寝息を立てたのは自分だった。これまでも、〈聖なるくちづけ〉を交わすだけで満たされていた光世は、綾子も同じだろうと思い込もうとしていたのだ。

また、挙式前日にも高熱に襲われた綾子の身体を思いやり、その後もしばらく、横に眠るだけの夜を過ごした。

「寝たければ、先にベッドに入っていてもいいよ」

「ねたければ、ねるといいよ」

思い返せば、どちらも口にしたことのあるセリフだった。こうしてあらためて活字にして眺めると、何という冷たい、辱《はずかし》めを与えるような言葉だったのだろう。一見、配慮に満ちているようで、やんわりと独り寝を押し付けているような言い方ではないか。

しかも、綾子はずっとそれを覚えていた。自分は忘れていたというのに……その事実に、光世は声を失った。

(綾子を辱めてきたことに、十数年も気付かずにいたのか)

握ったペンの先がかすかに震え、字が原稿用紙の格子をはみ出している。これまでにない震えだった。

『天北原野』のあき子という人物は、これまでの綾子の小説の中でも、最もあわれな女性として光世に刺さり込んできた。義姉である貴乃《きの》への想《おも》いを捨てきれない、夫の孝介。その孝介を、教え子のころから尊敬し、夫として愛そうと努力したあき子。

あき子はその後、孝介の子どもは産んだものの、寂しさは募るばかりだった。結局孝介の心には、どこまでもあき子の居場所はなく、依然として貴乃への想いだけがあったのだ。そのことは、謂《いわ》れのない辱めとなった。

あき子は、復讐《ふくしゅう》のようにほかの男性との子を孕《はら》んだ。そして、母子共に、死を選んでしまった――。

光世は日記に、こんなことを書いた。

一九七五年十一月二十四日（月）吹雪

とうとう雪が降った。一日中吹雪。きわめて静か。静かすぎる。

『天北原野』。あき子の死。綾子が口述するのを筆記する間、私は涙を流していた。十二時間から十四時間近く働いた。泣きながら、筆記していた。

すすり泣きながら書いたのは、あき子を心ならずも深く傷つけた孝介が、光世に重なったからだけではない。深い淵にいるあき子の複雑な感情が、綾子自身の感情ではないか、と感じたからだ。

（綾子は、本当は子どもが欲しかったのかもしれない――）

結婚の日から、もう十六年もの月日が経《た》っている。それなのに、疑うことすらなく生きてきた自分を思い、光世はうろたえた。

誰かに聞いてもらいたい。

聞いてもらえるとしたら、結婚前の綾子のことを知っている前川正だ。けれども、その前川は、もうこの世にいない。

ふいに、光世は西中一郎の姿を思い浮かべた。綾子の元婚約者であり、前川正と親しくなるまでの綾子をよく知る人物である。

（聞いてもらえるだろうか）

以前もらった西中の名刺を、光世は探した。もしもここで名刺が出てこなかったらあきらめようと光世は思った。けれども、五十音順にファイルしていた名刺は、すぐにも見つかった。祈るような思いで、光世は西中の職場の電話番号をダイヤルした。

夜。札幌の郵便局から原稿を投函《とうかん》することを口実に、光世は一人、列車に乗った。粉雪が舞い、車窓に紋様《もんよう》を描いている。二時間ほどの心地よい揺れが、これまでの生活をふり返るちょうど良い時間となっていた。

西中一郎は、札幌駅近くのホテルのロビーで待っていてくれた。

「しばらくでしたね、三浦さん」

まつ毛が長く、ハリウッド映画の俳優のような顔立ちは、グレイヘアになっても変わらぬ魅力を保っている。西中の温厚な物腰に、光世は癒やされる思いだった。

「突然お呼び立てしましたのに、感謝申し上げます。お話というのは――」

包み隠さず、光世は今のとまどいを打ち明けた。

16

「『寝たければ、先にベッドに入っていてもいいよ』――つまり、小説のそのセリフが……三浦さんの身に覚えのあるセリフだった、ということですね」

「ええ」

光世の組んだ両手がかすかに震える。

「それだけでは、ないのです」

西中一郎は、コーヒーカップに指をかけようとして止め、光世を見上げた。光世は言葉を選びながら続けた。

「あらためて結婚のころを思い出して、気付いたんです。これまで、綾子の身体を気遣ってとか、綾子のために、と思い込んできたのですが、本当はすべて私のため、私自身の……その、身体のコンプレックスを覆い隠そうとしてきただけだったのだ、と」

冷めかけたコーヒーを、西中がひと口含んだ。ガラス窓の向こうは、雪あかりのためか白さを増し、ところどころ光のようなものがきらめいている。

「──三浦さんも、神の子ではなくて、一人の人間なんですね」

「え？」

光世の視線の先に、西中の、眉尻《まゆじり》を下げたやわらかな笑顔があった。

「いや、失礼。何というか、安心しました。あなたのその素直さは、人間のもっとも大切なところではないですか」

コーヒーを飲み干し、西中が言葉を継いだ。

「綾ちゃんは、引きずるとか、気にすることはないけれど、とにかく記憶力がいい人だから。でも、あなたの言葉には、嘘《うそ》はなかったのでしょう？」

「……はい」

「ぼくは、綾ちゃんに嘘をついたことがあるんですよ」

「え？」

光世の口が半開きになる。西中は言葉を継いだ。

「あれはいつだったか……戦争が終わってようやく婚約したら、綾ちゃんが結核で入院することになって。でもぼくは、見舞うのも待つことも、ちっとも苦じゃなかった。ただ時々……苦しかった。綾ちゃんのどこか懐疑的な目が、苦しかったことがあったんです」

黒々として、ときに射貫《いぬ》くような光を宿す綾子の目を、光世は思い浮かべる。

「綾ちゃんに『悩みはあるの？』と聞かれたとき、つい、『悩みなんてない』と言ってしまったんです。……ええ、もちろん虚勢でしたよ。でも、綾ちゃんは字義通りとらえてしまったようで。それで、ぼくを頼りなく思ったのでしょう」

光世の反応を待たず、西中が続ける。

「でも、当然ぼくなりに悩みはあったんです。老いた母のことや、将来の不安や……。ただ、病にうちひしがれた綾ちゃんに、余計な心配をかけたくなくて、言わなかっただけなんです」

息を呑《の》む光世を、西中は落ち着いて見つめ返した。

「ぼくが結婚した後ですが、謝りました。『ごめんね綾ちゃん。ぼく、嘘をついたことがあったんだよ』って。そんなぼくを綾ちゃんは理解してくれ、結婚も祝福してくれました」

「……」

「綾ちゃんは、わかっていますよ、あなたのやさしさも、配慮も。光世さん、自信を持ってください。あなた以外に、綾ちゃんと共に生きていく人は、いないんですから」

西中の言葉に包まれながら、光世はふと、西中が旭川の三浦家を訪ねてきた日を思い出していた。一九七〇年の冬のことだった。

「たまたま近くに仕事があって。……ははあ、作家・三浦綾子さんは、こういう書斎で小説を書いているんだね」

綾子が少し早めの夕食を提案し、西中もくつろいで近況など語りはじめた。二時間くらい歓談し、西中を送るハイヤーが着くころ、綾子がふいに立ち上がった。

「今さらで恥ずかしいけれど、何か、色紙に書きましょうか」

　婚約者たりし吾《わ》がため煙草《たばこ》断ちし君二十余年後の今も煙草を喫《の》まず　　綾子

綾子は、光世と結婚して以来、短歌を作ることをやめていた。けれども今、ふいに短歌が思い浮かんだという。

西中の端整《たんせい》な顔にしんみりとした影が浮かぶ。

「……思い出したよ。あのころ、綾ちゃんが治りますように、と願を掛けてタバコをやめたんだった。良かった。こうして元気になって、綾ちゃんが、幸せになって……」

語尾の震えに、光世は気付かないふりをした。その横で、綾子はそっと目頭を押さえていた。

（いい歌だ。いい歌だよ、綾子）

17

『天北原野』校了までの見通しがつき、先週からは『泥流地帯』の口述筆記のスピードが上がっている。一九二六年の十勝岳噴火を描いた小説だ。

光世の心は、西中一郎に話を聞いてもらったあと、つきものが落ちたかのように憂いがほどけていた。そしていっそう、家族というものへの感謝が募っていた。さらに、その感謝の対象としての家族の中心に、綾子がいることをあらためて意識するようになった。

「今度はこのかたにお話を聞かせてもらいたいの」

「そうだな、建物のことも聞かせてもらえるといいな」

噴火による泥流災害などにより百四十四人が犠牲となったが、碑が建っている上富良野町には、当時を知る人々がまだ数多くいた。土を掘り返すと硫黄の匂いが残っており、そんな土を手に取りながら、二人は聞き書きを重ねていた。

『泥流地帯』というタイトルは、いつものように光世によるものだった。人物設定にも、光世の境遇が重ねられている。

「ねえ、ミッコ、妹さんとの年齢差はこれで合ってる?」

光世は幼時に父を失い、母は、四人の子のうち長女の富美子を養子に出し、三人の子を滝上町の祖父に預けた。長男の健悦と妹の誠子は、父方の祖父・三浦小三郎に、次男の光世は母の父である宍戸吉太郎に預けられた。

「ああ、合っているよ」

「そのころのお母さんのことも、もう少し聞かせて」

光世のまつ毛が、ふいに下を向いた。

「そのころのことは……実はあまり、覚えていないんだ」

母シゲヨは、光世が四歳のころ、美容師修業のために単身で札幌に行っていた。約九年ものの間、光世は母不在の家で育ったのだ。

なぜ母がいないのか？　四歳の光世には、十分には理解できなかった。ただ、そのころ耳を悪くしたことは、記憶に残っている。

当時を回想した光世の短歌がある。


右の耳廃《し》ひしは母に置き去られし後か前かこの頃しきりに思ふ

少年の日の記憶が通奏低音となったのか、成人しても「母に置き去られし」という感覚から離れることは難しかった。

『泥流地帯』にも、母を待つ耕作少年の心情が描かれている。拓一は耕作の兄で、「青」は、かわいがっている馬のことである。

「母さんいつ帰ってくるべ」

秣《まぐさ》をやりながら、毎朝のように耕作は青に言った。

「今年は帰って来るべか」
その度に、青は大きくうなずいてくれた。母のことなど、誰の前でも話せない。祖父母の前で言っては、祖父母がかわいそうだ。拓一に言っても、拓一の気を暗くする。友だちに言うのは恥ずかしい。

泥流で、祖父母と妹の良子、そして婚家にいた姉の富が命を奪われた。母佐枝は戻ってきたが、子どもらの死には間に合わなかった。耕作少年が、それをまた寂しく思うくだりが『続泥流地帯』にもある。

拓一や耕作には、口数の少ない佐枝である。耕作や拓一が話したいのは、死んだ祖父母のことであり、死んだ富や良子のことだった。だが、話が死んだ者たちに及ぶと、佐枝はいつのまにか、用事ありげにどこかに立ってしまうのだ。聞くのが辛《つら》いのだろうと、察しはするが、それが度重なると、耕作には、母の佐枝という人間がわからなくなる。そしてそれが、目に見えないわだかまりとなって、心の底に沈んでいくのだ。

耕作と母佐枝との距離感が、「目に見えないわだかまりとなって、心の底に沈んでいくのだ」と浄書するとき、光世のペンが一瞬だけ止まった。
つらい思い出であっても、母親と、何でも分かち合いたかった。そんな少年期の記憶をずっと引きずってきたことを、今さらながら光世は思った。

理性では納得できても、感情面で根強く刷り込まれたものがある。そのことを、光世は、綾子によって明るみにされた思いだった。

（苦労し通しの母を、もっと理解して、いたわってあげれば良かった……）

18

母の記憶は、いつもなぜかしびんとセットになっている。それは、光世も綾子も同じだった。綾子も、十三年もの闘病生活で、どれだけ母に下の世話をしてもらったことか。

一九七八年三月、綾子の母堀田キサ、逝《ゆ》く。八十二歳。

そして同じ年の十一月、光世の母三浦シゲヨ、逝く。七十八歳。

光世と綾子にとって、この二人の「母」は、かけがえのない存在だった。母に生かされ、育まれた。そしてその母をおくることで、今後の自分たちの生がゆるされたようにも感じられた。

お互いの母を看取《みと》り、光世と綾子は、親戚との集まりを終えて帰宅した。

「……なんだか、思い出しちゃった」

綾子が肩をさすりながらつぶやいた。喪服をハンガーにかけ、光世が振り返る。

「どんなことを？」

「『氷点』の授賞式で、東京に、母と秀夫と行ったでしょう？　そのときのことをありありと思い出したの。講堂で、役者みたいに壇上で待っていたのよね。それから静かに幕がするするーって上がっていって。客席には六百人くらいもいたらしいわ。ライトがまぶしくて、目がなじむのを待ってから、まず、母の姿を探したの」

綾子は、当時を思い出すように目を閉じる。

「前のほうの席。吉屋信子先生の隣に母が坐《すわ》っていたわ。その母が、とても小さく見えて……。そのとき、さらにまぶしいライトが。テレビカメラのライトだったみたい。ますます母が小さく見えそうで、あわてて、まばたきをしたの。そうしたら……涙が出そうになって」

「綾子……」

「ミコさん、その時、私、何を考えたと思う?」

光世は、綾子の手をそっとにぎった。

「お母さん、私のしびんを何千回洗ってくれたことだろう……お母さんありがとう、ありがとうって……」

言いながら、いつしか綾子の両目から涙がこぼれている。光世はその涙を指でぬぐってやる。

「ごめんねミコさん、私、あなたよりも、真っ先に母に感謝したの」

「それが当然だよ、綾子。……めんこい、めんこい」

綾子のきょうだいは十人。妹は早世し、女児は姉と綾子だけである。男きょうだいが多い大家族の中で、綾子も、つねに母と何でも分かち合える少女時代を過ごしていたわけではなかった。

おそらく光世と綾子は、少年期から、似たものを求めてきたのだろう。何でも分かち合え、話し合え、ときに甘え、ときに軽口も言い合える母のような存在を。今、光世と綾子は、二人が互いにその理想の「母」のような存在になっていることを確かめ合った。

光世は以前作った「右の耳廃《し》ひしは母に置き去られし後か前かこの頃しきりに思ふ」という歌をこう改作した。


右の耳廃ひしは母に別れし四才の後か前かこの頃しきりに思ふ

「置き去られし」という後ろ向きの言葉を、「別れし四才の」に差し替えたのだ。

（もう置き去られることはない、綾子がいるから。ありがとう、綾子）

これからは、その母から受け継いだ愛を、小説という子どもたちに受け継いでゆくだけだ。

光世は、綾子の髪をやさしくなでた。

「綾子、めんこい、めんこい」

新婚三年目の光世の日記に、綾子はこう書き込んでいた。一九六一年十月のページである。

かわいい私の光世さん
今、十月十五日午後十時二十五分
発病直前からのこの日記を読んで本当にいのちを新らしく与えられた事への感謝で一杯。かわいいそしてかわいそうな光世さん、二人で仲よくいたわり合って生きて行きましょうね、喜んで神さまに使っていただきましょうね。

優しいあなた、おやすみなさい。

「かわいいそしてかわいそうな光世さん」。子どもはいなくても、「二人で仲よくいたわり合って生きて行きましょうね」。

その書き込みの通りに、四十年間連れ添い、光世は綾子を見おくった。

一九九九年十月十二日。綾子は七十七歳で天に召された。

第2章　メモ

（T）田中　綾
（K）古家昌伸
（N）長友あゆみ（三浦綾子記念文学館学芸員）
＊頭の数字は本文の節を示す
＊出典のない写真はすべて三浦綾子記念文学館提供

1

『塩狩峠』以降、光世は口述筆記という形で創作の現場に立ち会うことになりました。日記にも、その進捗《しんちょく》や所感が臨場感を持って書かれています。

1968年4月27日（土）くもり
「塩狩峠」いよいよ最後の峠、塩狩の場面に至る。
まずい。どうにも熟していないのだ。溢《あふ》れる程でなくても、書くべきことがふまえられていなければ、どうしても貧寒になる。
終盤にはそれだけの気構えもいる。綾子、少し、緊張せよ。

厳しい編集者のように注文をつけていますが、ほめるときはほめるのも光世スタイル。

1968年5月9日（木）
「塩狩峠」書きすすめる。感動しつつ筆記。
ひつじが丘よりはるかに感動的。

第一読者である光世の感動は、他の誰よりも大きく、偽りのないものでした。（T）

『塩狩峠』刊行後に旧国鉄塩狩駅のホームを再訪して＝1969年9月14日

68年9月刊行の『塩狩峠』初版本

2

三浦夫妻が将棋好きだったことはよく知られています。特に光世はアマ六段の腕前でした。

そもそも旭川は将棋が盛んな土地柄です。夫妻の将棋愛好にちなみ、1991年から三浦綾子杯将棋大会が始まります。綾子が亡くなった99年に中断しましたが、2001年に三浦綾子記念将棋大会として復活。女性部門新設やこども将棋大会など普及に工夫を凝らし、光世が没する14年まで続きました。

親交があった旭川の観戦記者・高森智春さんによると、光世は「将棋は世界一のゲーム。将棋の奥深さは人生につながる」「綾子も早く覚えたかった、と残念がっていた」と常々話していたそうです。光世が自作した詰め将棋の中には「53手詰め」の超難問！もあったとか。

棋風は綾子が「忍耐強く、焦らない」、光

自宅で将棋を指す光世＝95年8月

世は「決断力のある攻めの将棋」。2人の性格もにじんでいるようです。（K）

3

札幌の親戚の家で偶然会った西中一郎の印象は、綾子の自伝的小説『石ころのうた』にも、こう描写されています。

> 西中一郎はわたしと同じ年であった。（略）彼は美男でありすぎた。漫画に、よくパッと光るようなハンサムが描かれていることがあるが、当時の彼はそんな美しさがあった。（略）彼は物語の中の王子さまであり、映画の中のヒーローでもあった。

時代劇黄金期の剣豪スター「東千代之介に似た端正な青年」ともあり、身近な存在のようには感じにくかったようです。

そんな二人は、中島公園でボートに乗りました。オホーツク海に面した斜里町で育った西中は、たくましい腕でさっそうとオールを動かします。その慣れた姿と笑顔に、綾子ははっとさせられたのでした。（T）

4

「三浦光世に捧《ささ》げる詩」は、光世の1967〜69年の日記に大切に保管されていました。詩の内容から、結婚して10年の69年前後に綾子が書いたと推測されますが、残念ながら詩や日記に年月日の記載がなく不明です。

66年夏に光世との口述筆記の方法が生まれ、光世は12月に旭川営林局を退職し、全面的に綾子を支えるようになりました。営林局辞職を承認する「人事異動通知書」も一緒に保管されていて、光世の決意を感じます。

光世への感謝を、綾子はふと、詩で伝えたいと思ったのでしょうか。誕生日や結婚記念日でもないある日、その辺にあった原稿用紙につづり、思いがあふれたのか余白にもびっしりと書きました。訂正を入れるのも綾子らしく、「ミコさん、いつもありがとう」という声が聞こえてくるようです。（N）

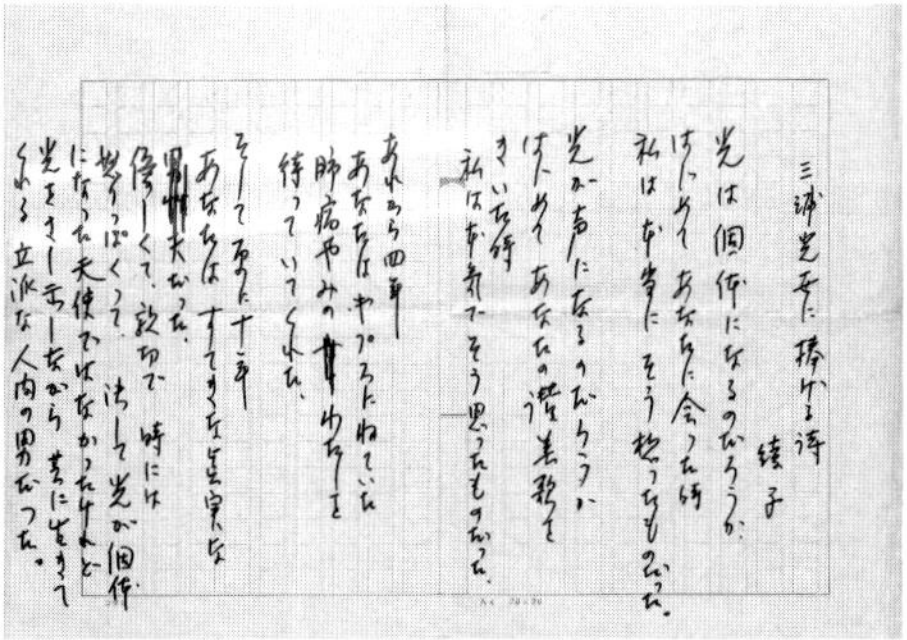
三浦光世に捧げる詩
綾子
光は偶然になるのだろうか
はじめてあなたに会った時
私は本当にそう想ったものだった。
光が声になるのだろうか
はじめてあなたの讃美歌をきいた時
私は本気でそう思ったものだった。
あれから四年
あなたは[illegible]ねていた
肺病やみの[illegible]を
待っていてくれた。
そしてあれ十年
あなたはすてきな[illegible]な
[illegible]になった。
[illegible]くて　謙卑で　時には
怒りっぽくて　決して光が偶然
になった天使ではなかったけれど
光を[illegible]から　真に生きて
いる　立派な人間の男だった。

「三浦光世に捧げる詩」

5

『続氷点』執筆当初、光世はめずらしく苛《いら》立《だ》っていました。

> 1970年4月16日（木）くもり（略）
> 午後「続氷点」口述筆記。
> 二回分は先《ま》づ先づ。三回目から？？？。
> いささか、息苦しくなる。
> 根本的態度に真剣さが不足していないかと綾子を詰《なじ》る。

門馬義久から再三電話があり、プレッシャーもあったのでしょうか。対して綾子はマイペース。光世の言葉も荒くなります。

> 1970年5月2日（土）くもり　暖《あたたか》し。
> 昼食をはさんで十枚程「続氷点」の筆記。
> 遂《つい》に又《また》、不満をぶちまける。文章がたるんどる！などときいたふうなことを言って綾子をしょんぼりさせる。何をっ！とふるいたたんか。無いものねだりをしとるんじゃないんだ。

叱咤《しった》し、そして励まし、二人で仕上げた原稿でした。（T）

1971年刊行の『続氷点』初版本

『氷点』以来の付き合いとなる朝日新聞の門馬義久（左）と三浦夫妻＝65年ごろ

6

三浦夫妻に日本画を教えた小浜亀角（1899〜1985年）は福島県に生まれました。東京芸大の前身、東京美術学校を中退し、日本画界の重鎮だった川合玉堂に師事します。

中国・大連の高校に勤めたのち昭和初めに旭川へ。高校や短大で教えながら、旭川で初めて創設された絵画の団体「ヌタックカムシュッペ画会」（大雪山を意味するアイヌ語に由来）に途中参加しました。大雪山系の雄大な風景を多く描き、旭川で今も続く純生美術会の創設にかかわります。後年は、日本美術院（院展）でも活躍しました。

夫妻は71年、小説『自我の構図』の取材で出会った小浜に勧められ、日本画を習うことになったと書き残しています。

三浦綾子記念文学館には綾子が描いた植物や大雪山の絵が収められ、日本画修業の跡を確かめることができます。また、道立旭川美術館は「晩春の大雪山」や「雪渓」など小浜の代表作5点を所蔵しています。（K）

綾子が小浜亀角の指導で描いた日本画

三浦夫妻の新居を建てた鈴木新吉棟梁（左）と

7

綾子は、父堀田鉄治について、自作の短歌もまじえた「父の影」というエッセーを書いています（『白き冬日《ふゆび》』所収）。たとえば、1955年、綾子が自宅療養していた時の短歌。

幼子《おさなご》を撫《な》づる如《ごと》くに吾《わ》が頭《つむり》を撫でて病室を出でて行く父

結核になったのは家族のせいではないのに、父は、「綾子、弱く産んで、すまなかったなあ」と詫《わ》び、しみじみと綾子の頭を撫でたそうです。

新聞社の営業部長として実績を残したあと、銀行に勤め、退職後は嘱託で土地の管理などをしていた父。家庭ではワンマンで、大声で怒鳴ることもあったようですが、老いの見えた父への愛も歌われています。

障子隔《へだ》てて何かつぶやきゐる父の意外に老いし影が写りぬ

（T）

旭川市長を3期務めた五十嵐広三は、1999年の本紙記事で綾子との縁を語っています。66年に市広報誌上で対談。そのころ整備を目指していた歩行者天国の平和通買物公園について、綾子から「ぜひ実現しましょう」とエールを送られたそうです。

　また、市長選立候補を決めた62年には、デビュー前で雑貨店を経営していた綾子からこんな厳しいひと言も。「政治家は当選してしまうと、権力的になりますが、五十嵐さんはそんなことにはならないでしょうね」（K）

旭川の買物公園は1972年にオープン。全国初の常設歩行者天国として注目された（写真は69年の社会実験）

8

綾子の小説は次々とテレビドラマ化され、綾子自身もテレビに出演した時期があります。

1972年5月26日（金）晴
（略）二時HBCへ。四時から綾子の家庭論9回分録画。夕食守分《もりわけ》氏とグランドホテルにて中華。守分氏との会話弾む。クリスチャン・センター泊。

「守分氏」は、北海道放送（HBC）の演出家守分寿男《としお》のこと。テレビ草創期に、北海道から優れたドラマを発信し、「うちのホンカン」「あかねの空」はじめ、脚本家倉本聰らが活躍した「東芝日曜劇場」の演出・プロデュースも手掛けました。

　のち、綾子は小林多喜二を小説『母』に書きましたが、守分の渾身《こんしん》の作も多喜二を追ったドキュメンタリーでした。

　長沼修『北のドラマづくり半世紀』（北海道新聞社）に、守分の仕事と、テレビドラマ黄金期が活写されています。（T）

9

映画「塩狩峠」で、主人公永野信夫の婚約者・吉川ふじ子を演じた佐藤オリエの父は、日本を代表する彫刻家だった佐藤忠良（1912～2011年）です。幼少期を夕張と札幌で過ごしたことから、大通公園の「若い女の像」をはじめ道内各地に作品を残しています。

　忠良は旧満州（現中国東北地方）で終戦を迎えました。シベリアで過酷な抑留生活を経て復員し、東京の自宅に帰り着いた翌49年に手掛けたのが長女をモデルにした頭像「オリエ」。佐藤忠良記念館がある宮城県美術館のほか、稚内市役所もこの像を所蔵しています。

　また道立近代美術館などにある69年のブロンズ像「ボタン」も、マントのボタンを留めようとしているオリエをモデルにしたと作家自身が語っています。無垢《むく》な子どもたちの姿は忠良の大事なモチーフの一つでした。（K）

歴史小説『細川ガラシャ夫人』（1975年）の初版本

10

三浦夫妻は終生を日本基督《キリスト》教団旭川六条教会の教会員として過ごしました。そのかかわりで、同教会では綾子生誕100年に合わせた「三浦光世さん・綾子さんを偲《しの》ぶ懇談会」が2022年7月から毎月開かれています。

　10月の集まりは『塩狩峠』主人公のモデル長野政雄を偲ぶ上川管内和寒町の「しおか

りキャンドルナイト」について、毎年参加してきた教会員が体験をもとに話しました。1909年（明治42年）に長野が身を挺《てい》して列車を止めた2月28日、塩狩峠の殉職の碑周辺に228個のアイスキャンドルを並べる催しが30年以上も続いています。

六条教会の建物は、片流れ屋根が目を引くデザイン。全国の教会堂建築で知られる建築家・岩井要が設計を手掛けました。わざわざ訪ねてくる綾子ファンも多いそうで、教会は夫妻との縁を大切にしています。（K）

片流れ屋根が斬新な旭川六条教会（旭川市6の10）の外観（撮影・古家昌伸）

11

「……いつか、綾子が小林多喜二を書く日が来るといいだろうな」という光世の言葉が実現したのは、1992年のことでした。

多喜二の母セキを描いた『母』は、秋田生まれのセキによる一人称の語り口が印象的な伝記小説です。綾子最後の長編小説『銃口』連載中に書き下ろされたもので、晩年の代表作の一つ。

2017年、その『母』を原作にした、山田火砂子《ひさこ》監督の映画「母　小林多喜二の母の物語」が公開されました。セキ役は寺島しのぶ、多喜二役は塩谷瞬、周囲を渡辺いっけい、佐野史郎らベテランが固め、寺島の演技力が光った感動作でした。

ロケは、小樽市にある日本キリスト教会小樽シオン教会や、上川管内和寒町の塩狩峠記念館などでも行われ、北海道ロケ作品の一つとして鑑賞する楽しみもあります。（T）

12

1926年（大正15年）の十勝岳大噴火に伴う泥流災害を扱った『泥流地帯』は、北海道新聞日曜版で76年1～9月に連載されました。合田一道デスクは原稿依頼に立ち会っただけでなく、連載が始まってからは、毎週金曜日に三浦家へ出向いて、原稿を受け取ったそうです。

執筆に当たって、三浦夫妻を上川管内上富良野町の災害現場へ案内しました。役場職員の紹介で、綾子は被災した町民に直接取材。「悲惨な体験談を、涙を流しながら聞き、取材が終わると一人一人に丁寧に頭を下げてお礼を述べていた姿が今も忘れられない」と合田さん。

小説の題は当初、「暗すぎるのでは」との声も社内にありましたが、最終的に「泥流地帯」に落ち着きました。読者の強い共感を得て、78年に「続・泥流地帯」も連載されました。（K）

大正泥流の爪痕を取材する綾子＝1975年9月（合田さん撮影）

三浦夫妻の上富良野町取材に同行した合田さん（左）＝合田さん提供

13

1975年8月、西武旭川店に三省堂書店

旭川店が開店しました。8月11日に開店記念の文化講演会が旭川市民文化会館大ホールで開催され、綾子も松本清張、渡辺淳一と共に講師として登壇しました（綾子の『明日をうたう　命ある限り』には「8月12日」とあるが、当時の資料で11日と判明）。

演題は綾子「小説と登場人物」、渡辺淳一「文学と映像」、松本清張「歴史と推理」。ミーハーなところがある綾子は、憧れの清張が和服姿を好むと伝え聞いていたので、和服で講演に臨みました。

講演会で旭川を訪れた渡辺淳一（中央）、松本清張（左）と旭岳などを散策した綾子＝1975年8月

翌日、松本勇旭川市長（当時）の案内で三浦夫妻、渡辺淳一、松本清張は勇駒別《ゆこまんべつ》（上川管内東川町）、旭岳、天人峡を訪れました。天人峡は、小説『自我の構図』の舞台であることを綾子が説明しました。大先輩を案内する綾子の文学散歩、気になります。（N）

女学生時代の綾子
＝1937年ごろ

14

留萌管内苫前町の開拓地で10人が相次いで死傷する「三毛別《さんけべつ》ヒグマ事件」が起きたのは1915年（大正4年）。林務官だった父親から悲劇を聞かされていた木村盛武は、現場を管轄する古丹別営林署に転勤したのを機に、多くの関係者から事実を聞き取り、64年に『獣害史最大の惨劇苫前羆《ひぐま》事件』の私家版を刊行、翌65年に「寒帯林」にも発表します。『天北原野』刊行は76年。吉村昭の『羆嵐《くまあらし》』は77年に世に出て、80年にテレビとラジオでもドラマ化されました。事件から半世紀後の木村の労作がいかに貴重だったかがわかります。

木村は94年、あらためて事件のドキュメント『慟哭《どうこく》の谷』を出版。以降何度か再版されています。『羆嵐』が被害のすさまじさを描写しつつも冷徹な視点で捉えているのに対し、『慟哭の谷』は凄惨《せいさん》な場面をひたすら生々しく再現し、読んでいて寒気を覚えるほどです。（K）

『天北原野』の取材旅行中の三浦夫妻。左は挿絵担当の画家生沢朗《いくざわろう》
＝1974年7月

15

光世は、1974年ごろから、英語で日記をつけていました。40歳を過ぎてからラジオ

の英語講座を聴き始め、外国人宣教師から発音なども学んでいたのです。

『天北原野』の口述筆記中も、日記にはほぼ英文で創作過程が記されています。本文で引用した日記も、実は英語で書かれていました。原文はこうです。

Finally snow has come. And hard wind all day long. It's holy day today too. Very quiet.
天北、あき子の死。I'm weeping writing by my wife's speaking.
I worked 12~14 hours.

12時間以上も作業をし、感極まったのは、「あき子の死」。すすり泣き（weeping）をせずにいられなかった心境がうかがえます。

英語での日記は92年まで続き、その後は日本語で、パーキンソン病と診断された綾子の介護日記となりました。（T）

1976年刊行の『天北原野』初版本

16

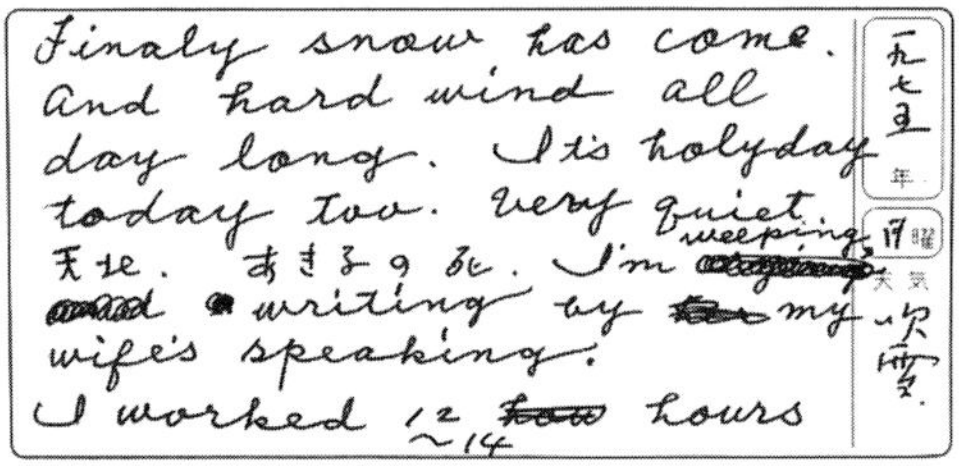
一九七五 年
月曜
天気 吹雪
Finaly snow has come.
And hard wind all
day long. It's holyday
today too. Very quiet.
天北. あき子の死. I'm weeping
writing by my
wife's speaking.
I worked 12~14 hours

1975年11月24日付の光世の日記

療養中、婚約者であった西中一郎から心が離れていったことについて、綾子の自伝的小説『道ありき　青春編』4章にこんな記述がありました。

「一郎さん、あなたは、どんな悩みを持っていて？」

「ぼくには悩みなんて、何もないな。悩みなんてぜいたくだよ」

彼は明るい顔で、何の屈託もないように答えた。あるいは、病床のわたしに、悩みなど話すことはタブーだと思っていたのかもしれない。だが、わたしは若かった。その言葉を聞いたとたん、

（悩みのない人など、わたしには無縁だ）

と、思ってしまったのである。

その後ずいぶん経《た》ってから、あれはいたわりの言葉であったと綾子自身気がついたようですが、そんなすれ違いもドラマそのものですね。（T）

綾子と光世の合同歌集『共に歩めば』表紙

『天北原野』の出版記念会で話す綾子＝76年5月25日

17

光世との対談集『愛に遠くあれど』（講談社）の中で、綾子は次のように自身の家族観を語っていました。

（略）親の代《かわ》りに夫に甘えていますよね。もともと、娘時代から親にいろいろ話しをする娘ではなかったんですけれど、とにかく夫という甘える対象があるということを考えますと、（略）

三浦がよく、お前はメンコイ奴だ。よく馴《な》つくっていうんですけれど、わたしは時々、自分の姿が小犬のような気がするんです。

10人きょうだいという大家族の中で、つねに母に甘えられる環境にはなかった綾子。結婚によって、光世という「甘える対象」を得て、「小犬」のようになついたのでしょうか。「メンコイ」という光世の口ぐせも、情愛に満ちています。（T）

『泥流地帯』（1977年）の初版本

光世（奥）と光世の母シゲヨ（右）、姉富美子＝1944年ごろ

18

1999年10月13日、北海道新聞は三浦綾子の訃報を朝刊1面で伝えました。

「氷点」「塩狩峠」「銃口」…
三浦綾子さん死去　77歳
文学通じ人間愛問う

同じ日の8面は生前の写真を集めた特集。作家の小檜山博《はく》さんが「やさしさを教わった」と追悼文を寄せています。社会面は見開きで「病と闘い『生』見つめ」「作品支えた深い信仰」と大きく展開しました。

夕刊では、三浦綾子記念文学館長（当時）の高野斗志美さんが「光と愛といのちの文学」と題し、デビュー作『氷点』は「ひとはいかに生きるべきなのか」を問いかけている、と解説。綾子が「存在自体において人間をはげますことができるひとであった」という言葉は、間近で綾子を見つめてきた人ならではの述懐であり、現代の読者への「三浦文学のすすめ」と言えます。（K）

主婦の友社の『三浦綾子全集』完結を記念する講演会で登壇した三浦夫妻＝1993年、東京・千代田区

綾子の母、堀田キサ＝1954年ごろ

第 3 章

いよいよ愛《かな》し

光世一人語り

1

これまでのお話は、一九八〇年くらいまでのことでしたね。綾子の小説にもお付き合いをありがとう。感謝します。

いかがでしたか？　お若いあなたがたには退屈な話もあったでしょう。……いやあ、もちろんお若いですよ、私なんて大正十三年生まれですから。

ああ、大正なんて言ってもわかりませんね、一九二四年生まれです。同い年にあたるのは、書家の相田みつをさん。そう、「にんげんだもの」など独特の書体と言葉で知られていますが、創作の原点は、お兄さん二人が戦死されたことと聞いていますよ。

あと、歌手では「愛の讃歌」の越路吹雪さんや、「お富さん」の春日八郎さん。春日さんも召集令状を受け取った一人です。政治のほうでは、小樽生まれの衆議院議員、箕輪《みのわ》登さん、社会党で総理大臣もつとめた村山富市さんも。総理と言えば、竹下登さんも同じ年の生まれです。

では少し、この日記のことをお話ししましょう。綾子のように歯切れの良い明晰《めいせき》な話し方はできませんが。……これが現物で、ご覧の通り、七四年ごろからところどころ英語で書いています。八〇年代はほぼ英語ですね。横文字なので読みにくいでしょうか。

なぜ英語で日記を？　強いて言えば、自分の勉強のためですね。

私は小学校しか出ていないんです。小学校と言っても昔のことですから、今で言う中卒のようなものでしょうか。卒業してすぐ働きましたが、勉強は好きで、綾子と出逢《であ》ったころも、夜学で簿記や会計学を勉強していました。

結婚後、綾子がしきりに、英語でも勉強したらと勧めてくれたんです。もしかすると、私の学歴コンプレックスを気にしてくれたのかもしれませんね。

綾子が作家になってからはファンレターがたくさん届いて、海外から英語の手紙も届くようになりましたから、それを読みたいと思いました。もう四十歳を過ぎていましたが、いろはから、あ、文字通りＡＢＣからですね、英語を学び始めたんです。

ラジオの英語講座で独学していたら、綾子が「リンガフォン」の教材を買ってくれました。当時は高い買い物だったんですよ。そして、ありがたいことに近くにイギリス人の宣教師が越してきて、そのご夫婦が英語教室を始めたので、通うようになりました。自慢じゃないですが、最年長の生徒でしたよ。

私は将棋や囲碁くらいしか趣味がないので、英語学習は本当に楽しかったですね。それで、勉強のためにもと、少しずつ日記も英語で書いてみることにしたんです。

ところが、それを綾子に見せたら、

「英語で？　……ミコさん、美しい日本語で書いたら」

と、容赦なく。まあそれでも、書き続けているうちに、綾子も何も言わなくなりました。それに、『海嶺《かいれい》』の取材や、『ちいろば先生物語』の取材で綾子とアメリカやイギリスに行ったときには、こんな拙い英語でも少しは役に立ったんですよ。

一九九二年の秋ごろから、日記はまた日本語に戻りました。綾子が進行性のパーキンソン病と診断されて、介護が必要になり、英語どころではなくなったんですね。それまでも、喉頭の前がん状態と診断されたり、血小板減少症とも診断されたり……。綾子自身、自分は「病気のデパート、病気の問屋」だと言っていたくらいです。

そんな綾子がいちばん痛い思いをしたのは、帯状疱疹《ほうしん》でした。八〇年の春のことです。顔面に強烈な痛みが走って、緊急入院したんです。目の玉を後ろからくり抜かれるような、そんな激しい痛みに耐えて……。

激しき痛み忍び明かしてまどろむ妻何か寝言を言ひて笑ふも

失明するかもしれないとまで言われたので、ひたすら祈りながら、ベッドの横にいました。でも、寝言を言って笑ったような綾子を見たとき、多くの病を経た綾子の辛抱強さを実感しましたね。

何とかひと月あまりで退院できましたが、二年後には、直腸がんで手術を受けました。病の進行も心配でしたし、人工肛門をつけることになるかも、という不安もありましたが、それには至りませんでした。

ただ、再発の可能性もあったので、医師や周りの人々に聞いて、体質に合いそうな療法をいろいろと試してみました。結局、綾子には粉ミルク療法が合ったんですが。

私ですか？　おかげさまで、毎朝軽い運動をして、たくさんの人と会って元気をいただいています。はい、日記ではやめても、英語学習は続けています。

2

綾子の小説は、短編も合わせて五十五作品あります。単行本が出るたび、綾子は必ず私あてに言葉を書いて、サインも入れて贈ってくれるんです。たとえば、二冊目の本の『ひつじが丘』には、こう書いてあります。

二人目の子供です
心からの感謝を以《もっ》て。
綾子
光世様

その献辞は、すべて三浦綾子記念文学館に展示してありますから、どうぞご覧ください。

『氷点』から数えたら三十五年。よくぞ書き続けてこられた……と、今さらながら感慨深いです。綾子の本を通じて、たくさんの出逢《あ》いをいただき、交友も続けてきました。そうですねえ、遠くに住んでいる姪《めい》っ子の一人のように思えるのは、女優の大空眞弓さんでしょうか。

ご存じでしょう、大空眞弓さん。以前は、「視聴率二〇％女優」って呼ばれていたんですよ。

テレビドラマの「愛と死をみつめて」のころで、確か『氷点』の本と同じくらいの時期でしたね。

ずいぶん長いお付き合いになりました。大空さんが綾子に手紙をくれたことが始まりです。『塩狩峠』の後だったでしょうか、それからずっと手紙のやり取りが続いていました。

女優さんは体力勝負の仕事だそうですね。大空さんは、子どものころ体が弱かったので、卵をいっぱい食べて栄養をとっていたそうです。そのせいか卵にもこだわっていて、「蒸し卵」にウコン塩をつけるのが身体にも良い、なんて教えてくれたこともあります。

大空さんは、綾子原作のドラマにも出演してくれました。一九六九年にＨＢＣ「東芝日曜劇場」で放映された「羽音」です。田村高廣《たかひろ》さん、杉村春子さんも出演という豪華な顔ぶれでした。「自我の構図」のヒロインを演じたのも大空さんです。『自我の構図』は何度かテレビドラマになっていますが、大空さんのは七四年、ＮＨＫの「銀河テレビ小説」でした。あれは一回目から見事でした。そのころはまだうちにテレビがなかったので、隣の、綾子の両親の家で見せてもらっていたんです。

ロケの思い出もあります。夏の暑さの中、天人峡や、旭川の常磐公園のポプラ並木とかあちこちで撮影して、夜はロケ班のみなさんと食事を。二次会にもお付き合いしました。

大空さんは、北海道でロケや芝居があると、わざわざうちまでタクシーで来てくれていたんです。ほんの十五分しか時間がとれないときでも、自分の実家にちょっと顔を出すような感じで立ち寄ってくれました。大空さんが着く時間に合わせて朝採りのトウモロコシを茹《ゆ》でておくと、それはもう、子どものように喜んで食べてくれましたよ。

また、いつだったか、歌の話になり、綾子が頭にタオルを巻いてひょうきんに「月の沙漠」

を歌いましてね。大空さんも手を叩《たた》いて声を合わせてくれた思い出があります。

綾子も私も、旭川や札幌で大空さんの芝居があれば観《み》に行きました。大空さんはいつもいい席のチケットをとってくれようとするんですが、綾子は断るんです。遠い席でも、自分たちで買ったチケットで観たいですからね。それに、二階席でもよく声が通っていて、いつも感心していました。

大空さんは著書も出しておられますね。乳がんや食道がんなど、何度もがんを乗り越えてきたことが書かれていました。綾子も電話で病のことなど語り合っていたようです。

綾子の葬儀――一九九九年十月には、大空さんは仕事で九州にいて、来られなかったんです。それから半年後くらいのことです。突然大空さんから電話があって、「今から〇〇テレビを見て」と。チャンネルを合わせてテレビの前で待っていたら、また電話があったんです。もう少しで始まるから、と。そして四、五分待ったら、その番組にゲスト出演していた大空さんが、綾子との思い出を話してくれたんです。『塩狩峠』も少し朗読してくれて、思わず涙がこぼれました……。

三浦綾子記念文学館にも、開館十周年の二〇〇八年に訪ねてくれました。私の誕生日の四月四日に、わざわざお祝いに来てくれたんです。その前に、大空さんから大きな箱の贈り物があって、中に立派な鶏卵が入っていたので驚きましたよ。いただいたお花も特別に豪華で、恐縮しました。

そういえば、大空さんの夢を見たことがありました。あれは「自我の構図」のロケが始まる前なので、七四年の春ですね。ほら、四月二十八日の日記に「大空眞弓さんの夢をみる」とあります。

女優さんの夢を見るなんてめったにないのに、大空さんの夢を見たのは、やはり私たちの姪っ子の一人のように思っていたからかもしれませんね。

3

大空眞弓さんもそうですが、生前の綾子と一緒にお話しした中で、忘れがたいお一人が星野富弘さんです。

詩画作家の星野さんは、綾子よりうんと若い、戦後の一九四六年生まれです。中学校の体育の先生でしたが、クラブ活動を指導中あやまって頸髄《けいずい》を損傷し、手足の自由を失ったそうです。でも、九年もの入院中に、口に筆をくわえて字を書き、絵を描くということを始めたのでした。星野さんと綾子の対談集に、『銀色のあしあと』があります。一九八八年に対談したものです。

いつも寝坊の綾子もこの日ばかりは早起きして、美しい山並みに感動しながら星野さんのお宅に向かいました。群馬県の東村《あずまむら》というところでしたね。五月半ばだというのに、気温は三十度を超えていました。綾子は、撮影用に優佳良織《ゆうからおり》のジャケットを着て行ったので、さらに暑かったことでしょう。

でも、そんな暑さも吹き飛ぶいい対談でした。何しろ二人とも明るいんですよ。綾子が快活にしゃべるのはいつものことですが、星野さんも落語が好きで、ユーモアたっぷりに話すかたでしたね。綾子が十三年の病臥《びょうが》生活を送ったことを知って、「じゃあ、おれもいちおう十三年を目指そう」、それを超えたら「新記録だ」と、スポーツにたとえて発想する明るさにも感銘を受けました。

星野さんの、「病気とか怪我《けが》っていうものに、最初から『不幸』っていう肩書はついてないんじゃないか」という言葉もしみ入るものです。ベッドで話したあと、電動の車椅子をあごで操作して外に出る星野さんの姿は、本当にまぶしく見えました。

すぐ傍《そば》にいる奥さんの昌子さんの笑顔も、輝いていて、しかも自然体でした。先ほど対談集を読み返していたら、私は昌子さんにいくつも質問をしていましたね。

それから数年経《た》って、綾子がパーキンソン病と診断され、私の日記も介護の話題が多くなっていきましたが、昌子夫人のようにいつも笑顔で、自然体の介護ができていたかどうか……。

旭川駅前にあった西武デパートで、「星野富弘　花の詩画展」が開催されたのはご存じですか。一九九七年の十月の終わりで、窓から見える紅葉や黄葉がとても美しい時期でした。

初日のオープンセレモニーで、挨拶《あいさつ》と、テープカットに出席したんですよ。いえ、綾子は横にいて、挨拶は私が代わりにやりました。その日の綾子の体調はまあまあ良かったんですが、薬の副作用で幻覚が多くて、話すことは無理だったんです。

花のあふれる星野富弘展は盛況でした。やはり星野さんの詩画には、見る人を勇気づける魅力があるんですね。私たちもしみじみ眺めて、満ち足りて帰宅しました。

そういえばその日、近くの読者のお宅にサイン本をお届けしようと綾子と一緒に歩き出したんですが、急に綾子が横断歩道を渡りたくないと言い出して。そういうときの綾子は、文字通り石にかじりついてでも、という頑《かたく》なさで、動かないんです。私が道路を渡って帰ってくるまで、近くの木にじっとつかまって待っていたのを覚えています。

今思えば、残り二年の命だったんですね……。さすがにそのころは小説の依頼は受けませんでしたが、それでも毎日綾子あてに手紙が届き、サインや色紙を書いてほしいなどのお願いがあれば、何とか応えるようにしていました。

パーキンソン病は、手の震えが止まらなくて、字を書くのが難しいんです。書いても極端に小さな字になってしまう。しかもそのうち、字の書き順まで忘れてしまったので困りましたが、綾子はペンを持つことはいやがりませんでした。

色紙を書くときは、だめになってもいいように紙をたくさん用意しておきました。綾子が震える指で書く字は、幼子《おさなご》の字でもあり、難病者の字でもありますが、むしろ私のなんかよりずっと味わいがあっていい字に見えましたね。

綾子との約束通り、のちに星野富弘さんは文学館に来てくださいました。二〇〇三年九月二十五日のことです。綾子が対談のときに、「美瑛の景色を見せたい」と再三言っていましたから、まず、美瑛のパッチワークの丘に星野さんご夫妻を案内しました。拓真館も一緒に行き、旭川に戻って三浦綾子記念文学館へ。綾子の好きだった風景を星野さんご夫妻に見てもらえて、その日はとても誇らしかったです。

翌日、市内のホテルで星野さんの講演があったんですが、その朝に十勝沖地震が起きて、本当に驚きました。でも、その地震のとき、「しっかりね、ミツコ」という声が聞こえたような気も……あれは、幻聴ではなかったような。

4

綾子が天に召されたのは、一九九九年十月十二日のことでした。七十七歳です。そのころの私の日記は「介護日記」のようなものですね。

日記は、備忘録であり家計簿でもあり、二人分の健康記録でもあったので、お互いの体重も書き込んでいました。晩年の綾子の体重は、服を着たままで三十六キロちょっと。実際には、三十五キロ台まで落ちていたのでしょう。

介護は、する側もたいへんですが、されるほうも苦労が多いわけで、そのあたりは綾子の『難病日記』という本にも書いてあります。ただ、もちろん書けなかった部分もありますね……。

しみじみ思うんですが、人間というのは本当に一人ひとり違いますね。身体も心も、一人ひとりぜんぜん違う。体質と言えばそれまでかもしれませんが。薬の副作用も個人差があります。若いころの私が苦しんだ膀胱結核は、ストレプトマイシンという特効薬でみるみる回復に向かいました。副作用は、私にはほとんど出なかったんですが、綾子にはストマイの副作用として聴覚障害が起きてしまったんです。

結婚前には、原因は不明でしたが、急に幻覚と幻聴が起こって札幌の病院に入院したことがありました。そして幻覚は、パーキンソン病の薬の副作用としても現れたんです。陽子ちゃんが――たったの六歳で病死した、綾子の実の妹が出てくる幻を見るのです。ええ、『氷点』に登場する陽子は、その名前からつけたものですね。素直でおとなしく、利発だった妹のことが、六十年以上経って綾子によみがえってきたのではないでしょうか。

「陽子ちゃんよ、陽子ちゃん！　ほら、ミッコ、陽子ちゃんが来てくれたわ」

夕飯を食べ始めたら、綾子が急に箸を投げ出したんです。暑い夏の日でした。その投げた箸《はし》が扇風機にあたって、いやあな音がしたのを覚えています。

「陽子ちゃんご飯食べた？　まだなの？　え？」

首を振る扇風機に向かってしきりに話しかけるんですが、その日はトロロ飯でしてね。綾子がトロロを扇風機にかけるんじゃないかと思って、あわててスイッチを切りました。

その日はそれで終わったものの、次の日に綾子が、今度はしきりに壁に向かって話しかけるんです。陽子ちゃんの友だちまで見えているようでした。

「食事あげなくちゃ。ねえミコさん、陽子ちゃんたち、ここに来てるの」

何度も何度も「ここ」と指差すので、小皿にビスケットを入れて、そこに置いてやりました。人数がわからないから、七個くらい。

陽子ちゃんの幻覚はしばらく続きました。綾子の中で、妹はずっと六歳のままなので、小さな女の子に話しかける口調なんです。

ある夜は、ソファーの下に「三方六《さんぽうろく》」を。そう、帯広の柳月さんのバウムクーヘンです。綾子が好きで、エッセーにも書いていますね。それをそっと一切れ置いて。

「しーっ！　陽子ちゃんが来て寝ているから、静かに」

その後もソファーの辺りに折々妹が見えたようで、みそまんじゅうなんかも小さく切って置いていましたね。とにかく小さい子どもたちがお腹を空かせているのが耐えられなかったんでしょう。

次第に、妹以外も現れていたようです。

「枕の中に小さい人が何人もいる。つぶれたらかわいそう」

「庭の木の下で女の子がダンスしている。そしてお菓子を作っている」

だんだん綾子の生活範囲が狭《せば》まってくると、最期のほうは、洗面所とか、水回りで幻覚が見えることが多くなっていました。

「流し台の横に赤ん坊がいたのを、どこにやったの?」

「蛇口から体温計が出てきた」

「蛇口に子どもが吸いこまれていった。十歳くらいの子どもだった」

赤ん坊や小さい子どもです。そうですね……どれも綾子が守らなくちゃいけないと思う命が、綾子だけに見えていたのかもしれません。


言《こと》に出て愛《かな》しと吾《われ》の言ふのみに日々を足る妻いよいよ愛し

幻覚の中でさえ小さな命を気に掛ける綾子が、あわれでもあり、めんこくもあり、たびたび、「めんこいな、綾子」と口にしました。すると、ふいにその瞬間だけ、満面の笑みを見せることもあったんです。あれは確かに、パーキンソン病と診断される前の綾子の表情でした。

5

綾子を病院に連れていくときは、もっぱらハイヤーを頼んでいました。車は持たない、いえ、持てないと思っていたんです。

こんな短歌も作っていました。

取るに足らぬことを誇りて生きて来つ酒・煙草のまぬことカー・テレビ持たぬこと

テレビだけは最終的に持ってしまいましたが、「カー」、車は、人の命をお預かりして運ぶというたいへんな乗り物なので、私などには到底持てないと思いましてね。とにかく、子どものころから臆病者でしたから。

人の命を運ぶ仕事は、本当に苦労の多い、たやすくはできない仕事と思っています。だから、私たちはなるべく決まった運転手さんに、二人の命を預けるようにしてきました。その一人が、札幌のSさんです。

知り合ったのは、『続氷点』の取材のときだったでしょうか。札幌から小樽まで、一日ハイヤーを貸し切りにしてもらったんです。

『続氷点』の舞台はほとんどが札幌で、時々、小樽も登場します。そこで、綾子がテレビ出演のために札幌に泊まった翌朝、小樽を取材することにしました。途中、手稲の温水プールで若者たちが泳ぐさまをスケッチし、小樽の寿司屋で昼食。それから築港辺りも取材して、坂道をのぼって小樽商大へ。その後さらに富岡町まで。

小樽は見事に坂の町で、そんなところを、メモのために途中で止めたり、降りたり。Sさんが辛抱強く付き合ってくれてありがたかったです。その一日でかなりの下準備ができました。

それから札幌駅まで送ってもらったんですが、延々七時間もの乗車だったのに、Sさんはチップを頑《かたく》なに受け取ってくれなかったんです。その料金も、明らかに通常料金よりも安かったように思えたので、とりあえず、正規の料金に近いような金額を何とか手渡しました。以来、その誠実さに感銘を受けて、札幌で車に乗るときには、Sさんを直接指名することにしたんです。

旭川のKハイヤーさんの話も忘れられません。『天北原野』のときですね。

『天北原野』は、とくに取材が多い作品でした。その日の朝、綾子のお母さんの体調がいいので、取材も兼ねてサロベツ原野の花を見せてあげようと、急きょサロベツ行きを決めたんです。綾子は、気になったら網走でも札幌でも、「今行く！」と行動に移すので、すぐさま馴染みのKハイヤーに電話をかけました。

旭川からサロベツ原野まで――途中、名寄で昼食をとって、三時間くらいだったでしょうか。五月下旬だったのに、サロベツではまだ桜が咲いていました。天塩川流域の道路も独特の景観で、お母さんも楽しんでくれました。

稚咲内《わかさかない》海岸砂丘林にも行ってもらい、沼と桜を観て、豊富で降ろしてもらいました。私たちはそのまま温泉に泊まりますが、さて、心配なのはハイヤーの運転手さんです。かれ、Iさんは、それからまた三時間かけて旭川に戻るわけですから、私はひたすら祈りました。

「どうか、Iさんの帰路の運転も無事でありますように」

綾子も同じことを考えていたようで、あとでKハイヤーに電話してくれたんです。そうしたら、Iさんは無事に戻っていて、もうほかの仕事をしています、と回答があって。あれには本当にほっとしました。

ええ、日記には、乗った車の運転手さんの名前をきちんと書いています。そして、眠る前に、その人とその家族の無事を祈っています。交通事故の多い世で、運転手さんの無事の帰宅を待つご家族の心を、思わないではいられないんですよ。

綾子の弟も交通事故で亡くなっていますし、『塩狩峠』も鉄道事故の話でした。車も鉄道も、人の生命を奪う武器にもなります。それを作ったのは人間です。人間とは、実に不思議なものですね。

クリーニングの白洋舎の創業者で、綾子が伝記小説『夕あり朝あり』で描いた五十嵐健治先生が、こんなことをおっしゃったのを覚えています。

「人間は底知れなく、悪いものですよ。底知れなくね」

『氷点』の辻口啓造の言葉にも、「心の底などといって、底のあるうちはまだいいのだ」とありましたが、人間は、私たちが想像できないほどの悪をなすことがあります。けれどもこの世界には、それを正し、超えていく尊い力があるはずです。

綾子が逝《い》ってから、綾子の小説をあらためて読み直していますが、綾子もずっとそういうことを書いてきたような気がしますね。

6

敬虔なクリスチャンである五十嵐健治先生がおっしゃった「人間は底知れなく、悪いものですよ。底知れなくね」という言葉を、あれからまた考えてみました。私の世代——前にもお話しましたが、一九二四年生まれの戦中派には、人間にとって悪であるはずの戦争が、なぜこの世からなくならないのかという問題は大きいのです。

昭和の歌に、「誰《たれ》か故郷を想《おも》わざる」という名曲がありますね。いったい故郷をなつかしく想わない人がいるだろうか、誰もがなつかしく想うものだ、という反語です。その昔、中国大陸に送られた兵は、この歌を聴いては郷愁にむせび泣いたことでしょう。

私の世代にとって、成人式とは徴兵検査のことでもありました。ええ、二十歳になると検査を受けて、合格・不合格に分けられたんです。大きな行事なので、日記にもきちんと書き残しています。

そのころは中頓別から旭川の営林署に移っていましたが、腎臓結核で右腎臓を摘出していたので、徴兵検査で合格するのは難しいとわかっていました。五歳上の兄は、堂々の甲種合格の一人。そんな頑健な身体がうらやましくて仕方ありませんでした。

これが一九四四年の日記です。六月に、まず市役所に行って徴兵検査通達書をもらったと書いていますね。

実際の検査日は、七月十五日と十六日の二日間でした。検査の前日、シロフォン（木琴）奏者平岡養一さんの演奏会があって、有名な演奏家でしたから聴きたかったんですが、さすがに行くのは控えました。でも、戦争末期の旭川でも演奏会が行われていたということですね。

さて、徴兵検査の一日目は、朝からいくつもの検査がありました。まず午前は、レントゲン検査や、ツベルクリン反応検査など。弁当を食べたあとに、記述式の検査と体力検査。米俵をかつぐ「俵かつぎ」は、事前に練習したので何とかこなせました。

徴兵検査の二日目。前の夜は豪雨でしたが、朝は小降りになり、降っては止《や》んでという不安定な一日でした。集合時間が七時だったので、六時に弁当を持って出発。短髪の男たちが集まった検査場には、足ががくがく震えている人もいましたね。

視力、聴力、身体各部の検査があり、まずは視力。兵隊にとって視力は大事なもので、結果が悪すぎてゲンコツをもらった人もいました。私も左がやや悪かったけれど、聴力や耳鼻咽頭、関節などはどれも問題なし。それから全身くまなく調べられて、十七歳のときの腎臓の手術の痕《あと》も見られました。

午後は、地方徴兵官の面接のあと、いよいよ軍の徴兵官のチェックです。結果は――丙種合格でした。甲乙丙丁の「丙」で、前線には行くことはない、銃後を守る国民兵役です。

とっさに感じたのは、不合格ではなかった、という喜びでした。通信簿はいつも全甲で、丙など一つも取ったことはなかったのですが、何より合格であったことが誇らしく思われたのです。腎臓が片方なく、体力もない私が、国民兵としてお役に立てるとは……。

「丙種合格！」

そう大きな声で復唱し、全員で「海行《ゆ》かば」を斉唱して、神妙な面持ちで帰宅しました。一日がかりの、一生の一大事。私は、ごく真面目に「国民」として生きていたんです。

その後は予備訓練として、「壮丁《そうてい》水泳訓練」などにも参加しました。石狩川で、水面から二メートルほどの岸に立って水に飛び降りたり、長距離を泳ぎ切ったりという訓練です。八月だったのにその年はやけに水温が低くて、冷たかった。私にはとてもつらいものでした。腎臓結核の後遺症の膀胱結核が悪化したのは、この数日間の訓練のせいだったような……。

映画やラジオ番組にも戦意高揚の表現が増えていきましたが、九月に国民学校で開催された陸軍美術展には、率直に感銘を受けました。絵画の良さなどちっともわからなかった私でも、二度も観に行き、母にも勧めたほどです。迫力のある絵から、世界情勢の厳しさや、日本軍の労苦が伝わり、図録や絵葉書も買って帰りました。

その美術展には、大家と言われる画家の作品ばかりが出品されていたのですが、そこに小磯良平先生の絵があったことは、あとから知ったことでした。そう、綾子の『積木の箱』の挿絵を描いてくださった小磯先生です。小学館文庫版の『銃口』のカバーには、代表作「斉唱」も使われていますね。

綾子と私は、一九六八年に小磯先生のアトリエにもうかがいましたが、先生は、ほんの一時期であれ、戦意高揚のために描いた時代があったことに、たいへん心を痛めておられたそうです。

私や綾子は、軍国教育を受けて育ちました。だからこそ、そういう時代に生まれ合わせた芸術家の葛藤や苦悩を、平和な今も想像し、痛みを分け合うべきだとも感じています。

7

戦争が終わったとき、私は二十一歳。綾子は二十三歳でした。青春というものを語ろうとすると、必ず戦争の記憶と重なります。そういう苦い青春を、あなたたちには決して与えてはならないと心から思い、それを責任とも感じています。

さて、どんな終戦の日を迎えたのか。ええ、これも日記に書いています。一緒に見ていきましょう。

一九四五年八月。そのころ、ちょうど私は札幌に近い江別町野幌で森林主事の特別講習を受けていました。今は江別市の野幌と言いますね。

林業試験場の裏手の宿舎に寝泊まりして、半年近くさまざまな学問を学んでいたんです。林学通論、造林学、森林保護学、そして民法や民事訴訟法から刑法まで、実にぎっしりと学びました。講師のほとんどは北海道庁の現職の人々で、農学博士の話もじかに拝聴できました。私には興味深い内容ばかりで、純粋におもしろかったです。

また、野幌から札幌の道庁まで、何度も行かされました。何のためかと言うと、道庁の林政部、今は水産林務部ですか、そこが「疎開」するので荷物の積みおろしに駆り出されていたんです。この荷物運びの段階で、終戦が近いと気づくこともできたはずですが、当時の私は鈍感でしたね……。

八月十五日の玉音放送は、この講習中に野幌で聞きました。講習生ら、六十人くらいは一緒にいたような気がします。

綾子の『石ころのうた』などにも書いてあります。前の夜から何度も、明日の正午の重大な放送を聞くように、とラジオで告知があったんです。

当日の朝もさらに放送がありました。午前中は普通に講習を続けていたのですが、講師から原子爆弾についての解説があり、緊張が走りましたね。

その後、講師も私たち講習生も全員廊下に整列して、かたずをのんで放送を待ちました。君が代が流れたあと、終戦の詔勅《しょうちょく》が――。

とはいえ、雑音が多くて実際にはほとんど聞き取れませんでした。ポツダム宣言を受諾するということだけは、その場にいた全員が理解できていたように思われます。

私は、ただただ呆然としていました。日記には、「涙滂沱《ぼうだ》として頬を伝《つたわ》る」と、定型句のように書いてあります。たぶん、私は実際にぽたぽたと涙を流していたのでしょう。「皇国の歴史に遂に汚点付きたるか」とも書いています。祖父が従軍した日露戦争以来、皇国《みくに》が守り抜いてきたものに傷が付けられたような――そんな口惜しさが、涙になったのだと思います。私も綾子も、軍国少年と軍国少女として育ち、その青春が、ここで幕を閉じたわけです。

終戦の次の日もその次の日も……何しろ暑い八月で、ぼうっとしていましたね。終戦になったとはいえ、森林主事の講習はまだ続いていて、九月の終わりには何科目も試験を受けなければなりませんでした。なので、むしろ終戦のことを考えまいとして、試験勉強に没頭していたようにも思います。

ところで、当時の日記を読み返して、おもしろいことに気がつきました。私は十四歳から日記をつけています。それまで一人称はずっと、「吾《われ》」とか「私」を使っていました。ところが、終戦の年はなぜか急に「俺」を使い出しているんです。

一九四五年八月二十三日（木）晴

何時になったら心が晴れる事やら。表面は明るくなる事があっても、心の奥底迄明朗になる事は恐らく遠い日の事だらう。

むしろ簡単に心が晴れるやうではいけないと俺は思ふ。此の苦汁を胸の奥深く刻みつけて苦難の道を歩まねばならぬ。

それから数年「俺」を使い、また「吾」に戻っていますが、「俺」という一人称を使うことで、「苦難の道を歩」んでいる自分を意識しようとしていたのかもしれませんね。

九月末で講習は終わり、旭川の営林署に戻ってこれまで通りの仕事をすることになりました。荷造りしながら思ったのは、馬鈴薯畑《ばれいしょ》のことでした。食料事情がとにかく悪かったので、講習生たちで種薯《たねいも》を植えて、一生懸命馬鈴薯畑を作ったんです。終戦の詔勅を聞いた衝撃よりも、「薯腹《いもばら》」だったことのほうが思い出されるなんて……でも、それが庶民の感情だったとも思います。

綾子は、生徒たちに七年間軍国教育を行ったことで、終戦後に虚無に襲われたと書いていました。私は、空きっ腹を抱えながらさまざまなことを考えました。日本が統治していた土地の人々も同じ空腹を抱えていたことに、ようやく気づいたのもそのころです。

8

私が日記をつけ始めたころのもの、お見せしましょうか。十四歳です。一九三八年、昭和で言うと十三年です。

一九三八年三月十日（木）晴　起床六時　就床九時
今日は陸軍記念日で学校では一時間話した後色々の競技が始《はじま》った。僕は赤の鉢巻持って行ったら白になってしまった。城落《おと》しが一番面白かった。昼には豚汁御馳走にな（原文ママ）午後きばせんがあった。スキーで一等取った人はメダルを貰《もら》った。どれもどれも皆面白かった。

今では三月十日と言えば、東京大空襲の日として知られているでしょうか。一九四五年、焼夷弾による無差別爆撃で、東京の市街地が焦土と化したそうですね。私の徴兵検査の四カ月前でしたから、新聞で見たような記憶があります。でも、私の中では、三月十日というのは「陸軍記念日」なんです。

陸軍記念日、初めて耳にする言葉でしょうね。一九〇六年、明治三十九年に始まったそうです。前年のこの日、日露戦争の奉天（瀋陽）会戦で日本陸軍が勝利を収めたということで、記念日に定められたとか。

海軍記念日というのもあって、あれは五月二十七日だったと思います。でも、私が今も覚えているのは陸軍記念日のほうですね。なぜなら、祖父との思い出があるからです。

滝上にいた母方の祖父、宍戸吉太郎は、私に大きな影響を与えた人でした。そうです、『泥流地帯』に登場する石村市三郎のモデルです。もともとは福島の人で――ええ、私の父も母も福島出身なんですよ。祖父は、若いころに福島で洗礼を受けたとも聞いています。酒もたばこもやらず、働きづめの貧しい開拓農家でした。

今思い返しても本当に貧しい生活でしたね、畳一枚もなく、板の上で寝起きしていたんですから。ハッカと馬鈴薯《ばれいしょ》を作っていて、毎日の飯は麦。米だけの飯を食べたのは、正月とか盆とか、特別な日だけでした。幸い、リンゴの木だけはたくさんあったので、秋になるとリンゴで腹を満たせるのが、子ども心にも幸せでした。

祖父は、すでに洗礼を受けた後でしたが、国民の務めとして日露戦争に従軍しました。

小学校では、陸軍記念日の朝には特別に訓話の時間がもうけられていたんです。いつだったか、祖父も小学校に呼ばれて、「功七級」の金鵄《きんし》勲章を胸につけてみんなの前で話をしていました。家でもよく奉天会戦の話を聞かせてもらったんですが、本当に話がうまくて、引き込まれましたね。

……ただ、祖父は勲章をもらったことを誇っていたわけではないでしょう。たまたま戦争の時代に生まれ合わせ、そして生き延びたからこそ、犠牲になった人々の分も働こうと思っていたのではないでしょうか。

陸軍記念日は廃止になっても、私は日記にいまだに「三月十日　陸軍記念日」と書いてしまうんです。それは、祖父の生や、私たち戦中派の複雑な体験、感情を、むしろ忘れまいと意識してのことかもしれません。

祖父は一九三七年に亡くなりました。

家伝薬で金儲《かねもう》けんと言ひ言ひき石地耕して一生終《ひとよ》へにき
（祖父宍戸吉太郎）

近くに医者のいない土地だったので、家伝薬を作って人々を助けていたんです。『泥流地帯』でも市三郎が同じことをしていましたね。短歌では「金儲けん」と言わせていますが、それはまったくの口先だけのことで、困っている人にお金を渡していたこともありました。

あれは、私が小学生のころのことです。近くに工事現場があり、そのタコ部屋から逃げ出した人が夜中に助けを求めて来たんです。朝鮮の人でした。祖父は、すぐにその人をかくまい、辺りが静まってからそっと逃してやりました。当時は、朝鮮の人を助けることをためらう大人が多かったのに、祖父は、同じ人間だからと、わずかなお金を手に握らせて助け出していたのです。

そんな祖父の遺伝子を、時々ふいに思うことがあります。『銃口』の「命」という章に、山田曹長のこんな言葉があります。少し間を省略しますが、だいたいこんな内容です。

よく人間は、自分一人の命などどうなってもいい、などと言ったりします。でも「人間は何万年か何十万年か知らないが、生まれ替わり死に替わり、また生まれ替わり死に替わりして、ようやくこの自分がある。それを思うと、おれは自分一人の命などとは、おこがましくて言えない気がするんだ」。

私にもあの朝鮮の人を助けた祖父の「命」が継がれているのかと思うと、私一人の命だとは言えないのですよね。その命で、するべきことがあるのではないかと感じるのです。

9

綾子の最後の長編『銃口』は、大正天皇の大喪《たいそう》の話に始まり昭和の終焉《しゅうえん》で終わる、激動の時代を見つめた小説です。「神と人間」そして、「科学」をテーマとした作品を、という依頼を受けて取り組みました。おかげさまで、今まで複数の劇団が舞台化もしてくださっています。

その一つ、青年劇場による「銃口―教師・北森竜太の青春―」公演が、二〇〇五年十、十一月、韓国のソウルで行われました。私もソウルに飛んだのですが、ちょうどときの総理が靖国神社を参拝した直後で、韓国の人々の間に反日感情が高まっていた時期でした。私の背中にも、厳しい口調の韓国語が突き刺さっていたように思い返します。

脚本は、昭和の戦時下、教育勅語の暗唱が課されていた小学校で、作文教育に熱を入れた竜太の苦難と青春にスポットが当てられていました。実際、作文教育に携わったことで教壇を追われた先生方がいたわけで……そうです、「北海道綴方《つづりかた》教育連盟事件」ですね。

教壇を追われたうえに徴兵された竜太が、危うく命を奪われそうになったとき、かつて縁のあった朝鮮の青年に助けられます。そのクライマックスを、韓国の観客に観ていただけるのは願ってもないことでした。

日本が朝鮮半島の人々に犯した多くの過《あやま》ちを、私も綾子も深く受け止めていました。そんな綾子の思いが伝わるか――当初は心配でしたが、客席はほぼ満席で、しかも好意的な感想をいただけて、ほっとしました。竜太の命を朝鮮の青年が助けてくれたことで、友情が伝わったこともありますが、『銃口』を、韓国の現代史と重ね合わせて感じてもらえたことが何より嬉《うれ》しいことでした。

一九六八年、当時の朴正熙《パクチョンヒ》大統領が発表した国民教育憲章というものがあります。かつての日本の教育勅語のように国定教科書に掲載され、生徒たちはこれを暗記しなければならなかったそうです。竜太が教育の現場で行っていたこと、感じていた違和などを、韓国の観客も自分たちの体験として共有することができたんですね。韓国の国家保安法も、かつての日本の治安維持法を参考にしたとも言われていましたし……。

朴正熙政権の厳しい、統制的な政策については、私も日記にたびたび書いていました。一九七三年の金大中事件のことや、その翌年の、民主化を求めた学生たちが軍法会議にかけられた民青学連事件のことも。それらは、日本の加害の歴史と現在を問うものでもあったからです。

だからこそ、韓国の人々が『銃口』を、日本の歴史だけではなく、自分たちの歴史とも重ねて共鳴してくれたことに本当にありがたいと思いました。綾子の小説は、日韓の人々をつなぐ架け橋にもなっていたのです。

人間は、自分たちが思う以上の、とんでもない大きな過ちを犯してしまうことがあります。でも、過ちを犯したとしても、私たちは人間として、謝罪することもできるんです。過ちに気がついたならば、気がついた時点で謝るということを恐れてはなりません。

戦時下の日本の過ちを、綾子は小説の中でも描いています。たとえば、中国の人々の強制連行事件について『青い棘《とげ》』で触れています。そして、いつか膝を交えて語り合い、謝罪したいと願ってもいました。

身体が弱ってきていた綾子は、結局、韓国にも中国にも行くことはできませんでした。けれども、もしも行ったとしたら、人間として、やはり謝罪の言葉を口にしていたと思うんです。人間に頭があるのは何のためですか。その頭は、下げるためにある、と考えることもできるのではないでしょうか。


私はそれほど読書家ではないのですが、かつての朝鮮や韓国にかかわる本は、いただいたものを中心に目を通しています。中でも、綾子も涙を流した本が、朴慶南《パクキョンナム》さんの『ポッカリ月が出ましたら』でした。関東大震災のとき、大川常吉という警察署長が三百人あまりの朝鮮の人々をかばい、助けた話は感動的でした。

岡部伊都子《いつこ》さんの『遺言のつもりで——伊都子一生　語り下ろし』も共感をおぼえた一冊です。かつての日本が朝鮮の人々に行った差別について反省を述べておられ、女性の置かれた立場にも目配りしておられます。

朴敏那《パクミンナ》さんの『鉄条網に咲いたツルバラ――韓国女性8人のライフストーリー』（大畑龍次訳・監修）も良い本でしたね。韓国の女性労働運動家のお話をまとめたもので、同じ人間として、民主主義の時代に働く者として、分かち合いたいものがありました。

今の日韓関係は、政治上は難しくなっていますが、人間同士の、生活者の立場としての連帯は、深くなってきていると信じています。

10

実は、綾子の名前を冠した文学館をつくろうというお話があったとき、綾子も私も、丁重に辞していたんです。そのころは綾子も身体を思うように動かせず、声を出すのもやっとでしたから。

けれども、発起人の方々がわざわざいらして、地域の共有財産ということを何度もおっしゃるので、次第に納得していきました。

開館は一九九八年。今となってみれば、綾子が召される一年前だったことも、意味深いことだったのでしょう。全国の方々からご寄付をいただき、文学館は、『氷点』の舞台となった神楽の外国樹種見本林の中に建てられました。旭川というまちに、一つの文化的な場、愛と平和への思いを共有できる場が生まれたことは、良かったと感じています。

本当に多くの方々にご協力いただきましたが、何より、高野斗志美先生に館長をお願いできたのは心強いことでした。高野先生とは、綾子の『氷点』入選以来のお付き合いです。いつだったか、私がまだ営林局に勤めていたころ、夜にジンギスカン鍋を囲んで話し合ったこともありました。でもまさか、私より五歳も若い高野さんが先に逝《い》かれるとは……。

二〇〇二年、七月九日のことでした。同じ月に、兄の健悦も天に召され、たて続けの葬儀には言葉を失う思いでした。綾子がいてくれれば、まだ気もやわらいだでしょうが……。

私は開館の一年前から三浦綾子記念文化財団の理事長になっていましたが、高野館長の訃を受けて、意を決して二代目の館長に就任しました。綾子を支えてくれた方々のために、です。

開館準備のころからずっと、二十年以上も勤めてくれている女性職員もいます。私が食後、甘いものを欲しがるので、昼食の後はいつも何かと用意してくれて、気配りをしてくれました。学芸員や事務局長、財団の役員のみなさんにもよくしてもらいましたね。

新年会では、二次会でカラオケにも行きましたよ。たまに梅酒をほんの少し飲ませてもらいましたが、あれはおいしいものですね。

今日が最後のようですから、みなさんに、そして身近な人々にあらためて感謝を伝えたいと思います。子どもがいないわが家ですが、これまでたくさんのスタッフに助けてもらいました。中でも、やはり秘書たちですね。宮嶋裕子さん、花香寿子さん、そして、二十六年近くも私たちをずっと支えてくれた八柳洋子さん。歴代秘書たちに、心より感謝を。

洋子秘書が亡くなってからは、山路多美枝さんにいろいろと手伝ってもらいました。そう、あちらの女性です。いつもありがとう。元気に暮らしてください。

文学館のボランティア「おだまき会」のみなさんにも、いつもながら感謝を。みなさんがいなければ、ファンの方々へのおもてなしや除雪などもままならないのです。これからもどうぞ私たちを助けてください。

本当は一人ひとりのお名前を挙げたいところですが、これくらいで……。

ええ、前川正さんは、いつも私たちと一緒でしたよ。前川さんの写真をずっと胸ポケットに入れていたので、上の部分だけこんなにすれてしまいました。ほら、ここ、ちょうどポケットの縫い目の部分にあたってこすれてしまったんです。

あそこ、寝室の隅に小さな棚がありますね。あの引き出しには、白い布で包んだ桐の小箱が入っています。そこに、前川さんの遺骨と遺髪、綾子の髪も入っています。

綾子も、いつも一緒にいるような感じです。とくに最近、よく夢に綾子を見るんです。生前は夢に現れることはほとんどなかったのに、このごろは多いですね。しかも、珍しく和服姿の綾子が現れたりして、忘れがたく、こんな短歌も作りました。

「もうどこへも行くな」と和服の肩を抱き妻に言ひゐき夢の中にて

綾子が車を運転している夢も見ました。いつも運転は危険だと言ってきたので不思議でしたが、それだけに、印象的な夢でした。

運転を知らぬに助手席に吾を乗せ車走らせる妻を夢に見つ

ハンドルを握るのは綾子で、私は助手席にいるんです。私には、いつもすぐ傍で綾子を見ていられる助手席がやはりいいですね。ずっと、いつまでも、綾子の隣に座っていたい。

おや、綾子が何か探しものをしているようだ。相変わらずめんこいなあ。どれ、行って見つけてきてあげないと。

ああ、綾子。

……ようやく逢えた。

第3章　メモ

（T）田中　綾
（K）古家昌伸
（N）長友あゆみ
＊頭の数字は本文の節を示す
＊出典のない写真はすべて三浦綾子記念文学館提供

1

浴室のなき家に十年住みしかなそのあとに
フェニホフ先生住み給《たま》ふなり

この「フェニホフ先生」は、国際福音宣教団（当時）のイギリス人宣教師です。夫妻で旭川での伝道の拠点を探しており、1971年、光世と綾子は10年暮らした家をかれらに譲ることにしたのでした。

「浴室のなき家」とはいえ、『氷点』や『塩狩峠』を書いた思い入れの深い家。そこが英語教室にもなり、光世は最年長の生徒として熱心に学んだそうです。

御手に托《たく》せば主は取り用ひ限りなしとパン
の奇蹟《きせき》説くミセス・フェニホフ

こう歌われたフェニホフ夫人は、『塩狩峠』を英訳し、『Shiokari Pass』として世界に広めた一人でした。（T）

「ちいろば先生物語」執筆のため、ギリシャを訪れた三浦夫妻＝1984年6月

2

綾子の小説を原作とするドラマは『氷点』の9回を筆頭に、延べ30回ほども制作されました。

大空眞弓出演の「羽音」は、1969年12月に東芝日曜劇場の1本としてHBCが制作し、全国放送。演出は守分寿男《もりわけとしお》、長沼修のコンビが務めました。

また2022年12月には、旭川市公会堂でNHKドラマ「銃口・教師竜太の青春」が上映されました。96～97年に衛星放送で全6回、97年3月に地上波でも3回に編集して放送。今回は、さらに95分に再編集した特別版です。

いわれなき容疑で多くの教師が逮捕された重苦しい「北海道綴方《つづりかた》教育連盟事件」が題材ですが、フォーク歌手の小室等が担当したほのぼのとした音楽が救いになっていました。

NHK旭川放送局にある番組公開ライブラリーでは「銃口」のほか、「自我の構図」（全20回）も無料で見ることができます。（K）

NHKドラマ「銃口」の出演者らを招いて開かれたトークショー。右から田中綾・三浦綾子記念文学館館長、村田雄浩さん、有森也実さん＝2022年12月3日、旭川市公会堂（撮影・北海道新聞社）

3

2012年6～10月、三浦綾子生誕90年記念特別展として「富弘美術館との交流展　星野富弘・花の詩画&三浦綾子との絆」が三浦綾子記念文学館で開かれました。展示は、星野富弘さんの花の詩画17点と綾子との往復書簡など。これを受けて、同年9～12月には富弘美術館（群

馬県みどり市）で「三浦綾子記念文学館との交流展〈あの人のように〉」が実現しました。

星野さん夫妻が来館した03年9月には、文学館開館5周年記念講演会で話していただき、会場の旭川パレスホテル（現アートホテル旭川）に1150人が集まりました。翌日は、講演で横浜へ出張した光世に代わって、職員が星野さん念願の塩狩峠にも案内しました。

星野さんは、「塩狩峠の駅に咲いていた野菊の清楚《せいそ》な佇《たたず》まいに綾子さんを思った」と、帰宅してから詩画「あの人のように」を描かれました。（N）

塩狩峠記念館を訪れた星野富弘さん（左）と昌子夫人＝2003年9月

対談集『銀色のあしあと』初版本

4

綾子が1975年に発表したエッセー「十勝野と帯広」（『ひかりと愛といのち』所収）があります。十勝川温泉、鮭のルイベ、そして、銘菓「三方六《さんぼうろく》」のことを楽しげに書いているのが印象的です。

ところで、他の都市のお菓子屋さんに叱られるのを覚悟でいえば、帯広の街ほど平均してお菓子のおいしい街も珍しいのではないか。それは、小豆の名産地だからか、ビートの名産地だからか。とにかくお菓子がおいしいことは事実である。特にあの「三方六」というお菓子は、吾《わ》が夫三浦（味にかけてはちょっとばかりうるさい男ですぞ）の激賞して止《や》まないお菓子である。

甘いもの好きの光世は、旭川の銘菓「蔵《くら》生《なま》」もよく買い求めていましたが、帯広のお菓子文化にも感動していたのでしょう。（T）

エッセー集『ひかりと愛といのち』初版本

5

車を持たない三浦夫妻にとって、ハイヤーは日常を支えてくれる存在でした。綾子は『氷点』の舞台を外国樹種見本林と決め、その傍らに主人公辻口の家があると設定したので、三浦夫妻は朝に夕に、時には夜中にハイヤーに乗り、林の静けさ、暗さ、美しさ、不気味さを体感していました。

二人はお気に入りの美瑛にも度々ハイヤーで訪れていました。旭川空港でお客様をお迎えし、そのままハイヤーで美瑛をご案内することもありました。

以前、「三浦夫妻を乗せたことがあります」という方が来館されて、「お二人とも気さくな方」「光世さんが綾子さんを気遣っていた」と話してくださいました。エッセー集『心のある家』には、Kハイヤーの運転手と顔なじみだからこそのエピソード「二人の運転手さん」が収録されています。（N）

綾子のエッセーが引用された柳月の銘菓「三方六」のしおり

五十嵐健治氏の自宅（神奈川県茅ヶ崎市）を訪れた綾子と母キサ＝1966年ごろ

6

第2次世界大戦中、多くの画家が戦地に赴き、戦闘や作戦の場面を描きました。それらの絵は戦意高揚を目的に全国を巡り、道内でも「『撃《う》ちてし止《や》まむ』聖戦美術展」「海洋美術展」などが開かれました。1945年に光世が見た「陸軍美術展」も、札幌、小樽、旭川を巡回した記録があります。

小磯良平はこの展覧会で、4度目の従軍経験をもとに描いた「ビルマ独立式典図」を発表します。日本占領下の傀儡《かいらい》政権樹立の瞬間を捉えた「作戦記録画」にもかかわらず、式典の主役は奥に小さく描かれ、参列者の後ろ姿ばかりが目立つ不思議な構図です。

小磯は戦中のことを多く語りませんでした。しかし同じ年の暮れに、戦争画は「美術の発展に役立っていない」と強く批判した友人の画家宛の手紙が2007年に見つかり、小磯が抱えていた葛藤《かっとう》が明らかになりました。（K）

7

札幌市のホームページに、「平和バーチャル資料館」があります。2012年から公開され、戦争体験の映像や体験談、札幌の戦跡や歴史などを学ぶことができます。

その中に、「徴兵検査日時達書《たっしがき》」の画像があり、ちょうど旭川区役所で検査を受ける男性のものが掲載されていました。

「受検者心得」として複数の注意書きがあり、「頭髪を五分以下に剪刈《せんがい》すること」、「検査の前日必ず入浴し身体を清潔ならしむべし殊に耳垢を清掃し置くこと」、さらに、「検査前夜夜更《よふかし》をなすべからず」と、夜更かしも禁止。そのため、光世はシロフォン奏者の演奏会に行くことを断念したようです。

札幌市が「平和都市宣言」を行ったのは1992年のことでした。それからもう31年。何かの折、ぜひお子さん、お孫さんとこのバーチャル資料館をご活用ください。（T）

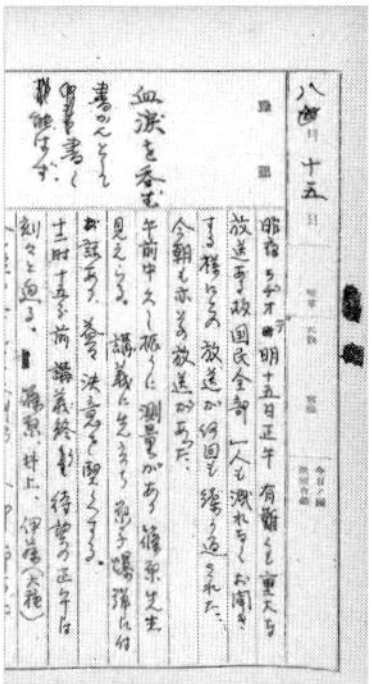

1945年8月15日の光世日記より

8

光世にとって、3月10日はやはり「陸軍記念日」でした。戦後になっても、日記にこのような記述がありました。

1959年3月10日（火）

陸軍記念日。祖父の日露戦争の話や金《きん》鵄《し》勲章のことなど思い出す。陸軍記念日もなくなって十有余年。再びあらしめてはならぬ。

戦争はあってはならない、と強く願う想いも書かれていますが、祖父の話や金鵄勲章は、晩年まで印象強く残っていたようです。

2013年3月10日（日）雪

昔、陸軍記念日。宍戸の祖父、必ず小学校で話をさせられしもの。

没する前年にも、やはり祖父の記述があり

ます。少年期の光世にとって、大きなエピソードだったのでしょう。（T）

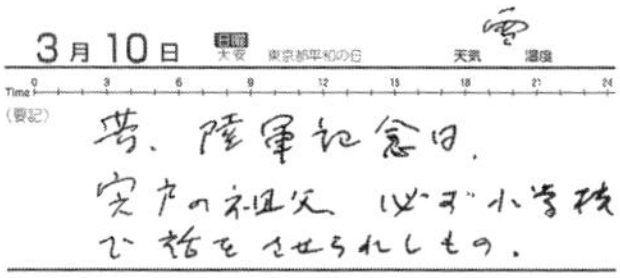
3月10日 日曜 大安 東京都平和の日 天気 雪 湿度
Time
(要記)
昔、陸軍記念日。
宍戸の祖父、必ず小学校
で話をさせられしもの。
2013年3月10日の光世日記より

9

青年劇場（東京）の「銃口」韓国公演のために光世がソウルを訪れたのは2005年10月。4日間の旅に、当時旭川報道部の記者だった私も同行しました。カーテンコールに登場した光世は観客の拍手を浴び、「天に召された綾子も喜んでいるでしょう」とあいさつしました。肩の荷が下りたような、ホッとした表情でした。

光世の訪韓の目的は「綾子の思いを伝えること」。前日に開かれた講演会では、綾子が戦中、軍国主義教育に加担したことを終生悔いていたことを明かし、「かつて日本が行ったことをおわびしたい」と語りました。

竹島問題や当時の首相の靖国神社参拝などで、日韓関係が悪化していた時期です。街頭では罵声《ばせい》を浴びたこともありました。そんな中でも、光世は「銃口を向けない、向けられない世界」を願う綾子の思いを届けようとしていました。

（赤木国香＝北海道新聞記者）

「銃口」上演後、あいさつする光世（中央）＝2005年10月20日、ソウル市内（撮影・北海道新聞社）

10

三浦綾子を天に送ってからの光世は、綾子の作品を伝える活動に邁進《まいしん》しました。講演に招かれ、全国各地に赴きました。

講演のない平日は、三浦綾子記念文学館でお客様を迎え、「どちらからですか？」「綾子の本は読みましたか？」と話しかけ、一緒に写真に収まり、本にサインをして過ごしました。柔らかな笑顔は、多くの方の心に思い出として刻まれているでしょう。綾子作品が読み継がれているのは、光世の功績が大きいのだと思います。

お昼にはおいしそうにカレーを食べ、「私は鹿肉が好きでしてねえ」「将棋をしたことはありますか？　面白いですよ」など職員たちと雑談し、秘書の山路多美枝さんと仲良く自宅に帰っていく姿が今も目に浮かびます。

光世さん、本当にありがとうございました。綾子さんの思いと同じく、私たちにとっても、あなたは確かな「光」です。

（難波真実＝三浦綾子記念文学館事務局長）

三浦綾子記念文学館開館セレモニーの当日、外国樹種見本林を歩く綾子と光世＝1998年6月13日

三浦綾子・光世［年譜］

三浦綾子記念文学館編

綾子著作は単著本及び光世との共著を中心に掲載し、共著本・対談・復刊本などは一部省略した。綾子が亡くなってから他者が編集に加わった出版については、綾子著作中心に収録されているものを記載した。下段には、本作品で関連する章と節を記した。

西暦	元号	綾子 年齢	綾子 項目	光世 年齢	光世 項目	章—節
1922	大正11	0歳	4月25日、旭川市において父・堀田鉄治、母・キサの次女、10人兄弟の第5子として生まれる			
1924	大正13	2歳		0歳	4月4日、東京市目黒（現・東京都目黒区）において父・三浦貞治、母・シゲヨの次男、4人兄弟の第3子として生まれる	
1927	昭和2	5歳		3歳	8月、父・貞治、肺結核を患い、一家で北海道・滝上村（現・オホーツク管内滝上町）に帰郷。11月28日、貞治逝去	
1928	昭和3	6歳		4歳	母シゲヨ、髪結いになるため札幌に出る。兄・健悦と妹・誠子は父方の祖父、光世は母方の祖父に預けられる	
1929	昭和4	7歳	4月、旭川市立大成尋常高等小学校に入学	5歳	リンパ腺結核にかかる	
1931	昭和6	9歳		7歳	4月、滝上村立滝西尋常小学校に入学	
1935	昭和10	13歳	3月、旭川市立大成尋常高等小学校卒業 4月、旭川市立高等女学校に入学	11歳		
1937	昭和12	15歳	リウマチと称し3カ月の休学願を出す	13歳	12月、母・シゲヨ、兄・健悦と再び暮らすようになり、中頓別村立小頓別尋常小学校に転校（妹・誠子は2年後に同居）	
1938	昭和13	16歳		14歳	日記を付け始める	3—8
1939	昭和14	17歳	3月、旭川市立高等女学校卒業 4月、歌志内公立神威尋常高等小学校に代用教員として赴任	15歳	3月、小頓別尋常小学校高等科を卒業 4月、小頓別の丸通運送社に給士兼事務員として入社	
1940	昭和15	18歳	4月、代用教員から訓導（正規職員）となる。新1年生を担任	16歳	4月、小頓別の丸通運送社を退職 6月、中頓別営林区署毛戸別斫伐事務所の検尺補助として採用される。将棋を教わる	1—11
1941	昭和16	19歳	4月、神威尋常高等小学校文珠分教場へ転任 9月、旭川市立啓明国民学校へ転勤 12月8日、太平洋戦争勃発	17歳	4月、中頓別営林区署本署（中頓別営林署）の林業助手として採用となる 7月、腎臓結核のため、北海道大学病院で右腎臓摘出手術を受け、1カ月入院	1—11 1—11

1943	昭和18	21歳		19歳	12月、中頓別営林署退職。家族の住む旭川へ転居する	1―11
1944	昭和19	22歳		20歳	2月、旭川営林区署に庸人として採用となる（後に正式任官） 4月、徴兵検査を受けて丙種合格となり、予備訓練に参加する	1―11 3―6
1945	昭和20	23歳	8月15日、玉音放送を聞く。9月、連合国軍総司令部（GHQ）の指導で生徒の教科書に墨を塗らせる	21歳	春から秋にかけて、江別町野幌（現・江別市野幌）で森林主事の特別講習を受ける 8月15日、玉音放送を聞く	3―7 3―7
1946	昭和21	24歳	3月、旭川市立啓明小学校を退職する 肺結核を発病、入院、以後入退院を繰り返す	22歳		
1947	昭和22	25歳		23歳	膀胱結核の悪化により職場の長期欠勤が続く	1―11
1948	昭和23	26歳	12月27日、幼なじみの前川正と再会する	24歳	1月、風邪で高熱を出し、長期欠勤が続く。自宅療養中に書棚にあった母の聖書を読み始める	1―11
1949	昭和24	27歳	6月、婚約者の家へ結納を返しに行き、夜、斜里の海で自殺をはかる。この頃から聖書を読み、短歌を詠み始める	25歳	11月13日、旭川聖公会で渡辺秀治牧師により受洗。この頃から短歌を詠み始める	1―11、12
1952	昭和27	30歳	5月、脊椎カリエスの診断下る 7月5日、小野村林蔵牧師により病床受洗	28歳	5月27日からストレプトマイシンの注射治療が始まり、回復に向かう	1―11、12
1954	昭和29	32歳	5月2日、前川正死去	30歳		2―1
1955	昭和30	33歳	6月18日、光世、初めて綾子を訪問	31歳	6月18日、光世、初めて綾子を訪問 綾子にすすめられ「アララギ」に入会する	1―12〜21 1―16
1956	昭和31	34歳		32歳	4月、旭川営林局総務部経理課勤務となる	
1959	昭和34	37歳	5月24日、三浦光世と日本キリスト教団旭川六条教会で、中嶋正昭牧師司式により結婚式を挙げる	35歳	5月24日、堀田綾子と日本キリスト教団旭川六条教会で、中嶋正昭牧師司式により結婚式を挙げる	1―8〜10 1―22
1961	昭和36	39歳	新居を建て、雑貨店を開く	37歳	6月、盲腸炎で45日間入院	1―2
1962	昭和37	40歳	「主婦の友」新年号に入選作「太陽は再び没せず」が掲載される	38歳		1―2
1963	昭和38	41歳	朝日新聞一千万円懸賞小説の募集を知り、1年かけて約1000枚の原稿を書き上げる	39歳		1―2

西暦	元号	綾子 年齢	綾子 項目	光世 年齢	光世 項目	章—節
1964	昭和39	42歳	朝日新聞一千万円懸賞小説に「氷点」入選。朝日新聞朝刊に12月から「氷点」連載開始（翌年11月まで）	40歳		1—1〜4
1965	昭和40	43歳	11月、『氷点』を朝日新聞社より刊行	41歳		1—5
1966	昭和41	44歳	『氷点』がドラマ化、映画化され、「氷点ブーム」がひろがる 夏頃、旅先のホテルで「塩狩峠」の口述筆記を光世に依頼する 12月、『ひつじが丘』を主婦の友社より刊行	42歳	夏頃、旅先のホテルで『塩狩峠』の口述筆記を綾子に頼まれ引き受ける 12月1日、旭川営林局総務部経理課を退職。以後、綾子のマネージャーとして執筆活動を助ける	1—6 1—6
1967	昭和42	45歳	10月、『愛することは信ずること　夫婦の幸福のために』を講談社より刊行	43歳		1—7 2—2 2—3
1968	昭和43	46歳	5月、『積木の箱』を朝日新聞社より刊行 9月、『塩狩峠』を新潮社より刊行	44歳		2—1
1969	昭和44	47歳	1月、『道ありき—わが青春の記—』を主婦の友社より刊行 4月30日、父・鉄治逝去 10月、『病めるときも』を朝日新聞社より刊行	45歳		2—4 3—2 2—7
1970	昭和45	48歳	5月、『裁きの家』を集英社より刊行 12月、『この土の器をも—道ありき第二部　結婚編—』を主婦の友社より刊行	46歳		2—5、6 2—16 3—5
1971	昭和46	49歳	5月、『続氷点』を朝日新聞社より刊行 12月、『光あるうちに—道ありき第三部　信仰入門編—』を主婦の友社より刊行	47歳	3月、日本基督教団出版局発行の「信徒の友」の短歌欄の選を担当。40年続ける	2—6、7
1972	昭和47	50歳	6月、『生きること思うこと　わたしの信仰雑話』を主婦の友社より刊行 7月、『自我の構図』を光文社より刊行 8月、『帰りこぬ風』を主婦の友社より刊行 11月、『あさっての風』を角川書店より刊行	48歳		2—8

1973	昭和48	51歳	3月、『残像』を集英社より刊行 4月、光世・綾子対談集『愛に遠くあれど』を講談社より刊行 5月、前川正との往復書簡集『生命に刻まれし愛のかたみ』を講談社より刊行 11月、光世・綾子合同歌集『共に歩めば』を聖燈社より刊行 12月、『死の彼方までも』を光文社より刊行	49歳	4月、光世・綾子対談集『愛に遠くあれど』を講談社より刊行 11月、光世・綾子合同歌集『共に歩めば』を聖燈社より刊行	2—9
1974	昭和49	52歳	4月、『石ころのうた』を角川書店より刊行 11月、光世との共著『太陽はいつも雲の上に』を主婦の友社より刊行 12月、『旧約聖書入門　光と愛を求めて』を光文社より刊行	50歳	11月、綾子との共著『太陽はいつも雲の上に』を主婦の友社より刊行	2—10〜12、3—2、5
1975	昭和50	53歳	8月、『細川ガラシャ夫人』を主婦の友社より刊行	51歳	11月、『少年少女の聖書ものがたり』を主婦の友社より刊行	2—12〜16
1976	昭和51	54歳	3月、『天北原野（上）』を朝日新聞社より刊行 4月、『石の森』を集英社より刊行 5月、『天北原野（下）』を朝日新聞社より刊行	52歳		2—17
1977	昭和52	55歳	3月、『広き迷路』を主婦の友社より刊行 3月、『泥流地帯』を新潮社より刊行 6月、『果て遠き丘』を集英社より刊行 6月、『新約聖書入門　心の糧を求める人へ』を光文社より刊行	53歳		
1978	昭和53	56歳	3月27日、母・キサ逝去 10月、『毒麦の季』を光文社より刊行 12月、『天の梯子』を主婦の友社より刊行	54歳	11月23日、母・シゲヨ逝去	2—18
1979	昭和54	57歳	4月、『続泥流地帯』を新潮社より刊行 4月、『孤独のとなり』を角川書店より刊行 5月、『岩に立つ　ある棟梁の半生』を講談社より刊行	55歳		
1980	昭和55	58歳	3月、『千利休とその妻たち』を主婦の友社より刊行 5月、帯状疱疹で旭川医大病院へ入院	56歳		3—1
1981	昭和56	59歳	4月、『海嶺（上・下）』を朝日新聞社より刊行	57歳		

西暦	元号	綾子 年齢	綾子 項目	光世 年齢	光世 項目	章―節
			10月、画文集『イエス・キリストの生涯』を講談社より刊行 11月、初の戯曲「珍版・舌切り雀」を書き、12月、旭川市民クリスマスに旭川市公会堂で上演			
1982	昭和57	60歳	2月、『わが青春に出会った本』を主婦の友社より刊行 4月、『青い棘』を学習研究社より刊行 9月、『水なき雲』を中央公論社より刊行	58歳		
1983	昭和58	61歳	9月、『泉への招待』を日本基督教団出版局より刊行 10月、『愛の鬼才―西村久蔵の歩んだ道―』を新潮社より刊行 12月、『藍色の便箋』を小学館より刊行	59歳		
1984	昭和59	62歳	5月、『北国日記』を主婦の友社より刊行	60歳		
1985	昭和60	63歳	4月、『白き冬日』を学習研究社より刊行 11月、『ナナカマドの街から』を北海道新聞社より刊行	61歳		
1986	昭和61	64歳	3月、『聖書に見る人間の罪―暗黒に光を求めて―』を光文社より刊行 8月、『嵐吹く時も』を主婦の友社より刊行 12月、『草のうた』を角川書店より刊行 12月、『雪のアルバム』を小学館より刊行	62歳		
1987	昭和62	65歳	5月、『ちいろば先生物語』を朝日新聞社より刊行 9月、『夕あり朝あり』を新潮社より刊行	63歳		
1988	昭和63	66歳	1月、『私の赤い手帖から―忘れえぬ言葉―』を小学館より刊行 5月、群馬県東村（現・みどり市東町）で星野富弘氏と対談 8月、『小さな郵便車』を角川書店より刊行 11月、星野富弘との対談集『銀色のあしあと』をいのちのことば社より刊行	64歳		3―3
1989	平成元	67歳	1月、『それでも明日は来る』を主婦の友社より刊行	65歳		

			5月、結婚30年記念CDアルバム「結婚30年のある日に」完成 9月、『生かされてある日々』を日本基督教団出版局より刊行 9月、『あのポプラの上が空』を講談社より刊行 11月、『あなたへの囁き』を角川書店より刊行 12月、『われ弱ければ―矢嶋楫子伝』を小学館より刊行			
1990	平成2	68歳	9月、『風はいずこより』をいのちのことば社より刊行	66歳	5月、歌集『吾が妻なれば』を近代文藝社より刊行	
1991	平成3	69歳	4月、『三浦綾子　文学アルバム』を主婦の友社より刊行 12月、『心のある家』を講談社より刊行	67歳		
1992	平成4	70歳	1月、パーキンソン病と診断される 3月、『母』を角川書店より刊行	68歳		
1993	平成5	71歳	1月、『夢幾夜』を角川書店より刊行 2月、『三浦綾子全集』主婦の友社刊全20巻配本完了 9月、『明日のあなたへ　愛するとは許すこと』を主婦と生活社より刊行	69歳		
1994	平成6	72歳	3月、『銃口（上・下）』を小学館より刊行。最後の長編小説となる 10月、『この病をも賜ものとして』を日本基督教団出版局より刊行 11月、『小さな一歩から』を講談社より刊行	70歳		
1995	平成7	73歳	5月、『新しき鍵―私の幸福論―』を光文社より刊行 10月、『難病日記』を主婦の友社より刊行	71歳	10月、『妻と共に生きる』を主婦の友社より刊行	
1996	平成8	74歳	4月、『命ある限り』を角川書店より刊行	72歳		3―4
1997	平成9	75歳	5月、『愛すること生きること』を光文社より刊行 11月、『さまざまな愛のかたち』をほるぷ出版より刊行。光世へ献辞の言葉を書いた最後の本となる	73歳	4月、財団法人三浦綾子記念文化財団理事長に就任	
1998	平成10	76歳	6月13日、三浦綾子記念文学館開館 6月、『言葉の花束』を講談社より刊行	74歳	6月13日、三浦綾子記念文学館開館	3―10

西暦	元号	綾子 年齢	綾子 項目	光世 年齢	光世 項目	章—節
			7月、『雨はあした晴れるだろう』を北海道新聞社より刊行 12月、『ひかりと愛といのち』を岩波書店より刊行			
1999	平成11	77歳	4月、塩狩峠記念館開館 10月12日午後5時39分、旭川リハビリテーション病院で逝去 12月、『明日をうたう　命ある限り』を角川書店より刊行	75歳	7月、歌集『夕風に立つ』を教文館より刊行 綾子と死別して以後、全国各地、時には海外で講演活動を行う	2—18 3—2、4
2000	平成12		9月、『遺された言葉』を講談社より刊行 10月、『愛の歌集　いとしい時間』を小学館より刊行 10月、光世との共著『夕映えの旅人　生かされてある日々3』を日本基督教団出版局より刊行	76歳	5月、『死ぬという大切な仕事』を光文社より刊行 10月、『綾子へ』を角川書店より刊行 10月、綾子との共著『夕映えの旅人　生かされてある日々3』を日本基督教団出版局より刊行	
2001	平成13		8月、『人間の原点　苦難を希望に変える言葉』をPHP研究所より刊行 11月、『永遠のことば』を主婦の友社より刊行	77歳	12月、『三浦綾子創作秘話　綾子の小説と私』を主婦の友社より刊行	
2002	平成14		2月、『忘れてならぬもの』を日本キリスト教団出版局より刊行 4月、絵本『まっかなまっかな木』を北海道新聞社より刊行 9月、『私にとって書くということ』を日本キリスト教団出版局刊行	78歳	5月、『妻　三浦綾子と生きた四十年』を海竜社より刊行 8月、『希望は失望に終わらず　綾子からのメッセージ』を致知出版社より刊行 10月16日、初代館長高野斗志美氏の逝去（7月9日）により、文学館館長職を兼任	3—10
2003	平成15		4月、『愛と信仰に生きる』を日本キリスト教団出版局より刊行 6月、『綾子・光世　愛つむいで』を北海道新聞社より刊行	79歳	6月、『綾子・光世　愛つむいで』を北海道新聞社より刊行 9月、三浦綾子記念文学館開館5周年記念講演会開催。来館した星野富弘氏を美瑛へ案内する	3—3
2004	平成16		6月、『「氷点」を旅する』を北海道新聞社より刊行	80歳	6月、『二人三脚』を福音社より刊行	
2005	平成17			81歳	4月、『愛と光と生きること』を日本キリスト教団出版局より刊行 10月、青年劇場による「銃口—教師・北森竜太の青春—」公演が韓国のソウルで開催。光世も観劇する	3—9

2006	平成18			82歳	11月、『青春の傷痕』をいのちのことば社より刊行	
2007	平成19		6月、『生きることゆるすこと　三浦綾子新文学アルバム』を北海道新聞社より刊行	83歳		
2008	平成20		12月、絵本『したきりすずめのクリスマス』をホームスクーリング・ビジョンより刊行	84歳	11月、『ジュニア聖書ものがたり　50』をいのちのことば社より刊行	3―2
2009	平成21		4月、『綾子・光世　響き合う言葉』を北海道新聞社より刊行	85歳	4月、『綾子・光世　響き合う言葉』を北海道新聞社より刊行	
2010	平成22			86歳	3月、『三浦光世　信仰を短歌（うた）う　「信徒の友」短歌欄選者40年』を日本キリスト教団出版局より刊行	
2012	平成24		4月、『丘の上の邂逅』を小学館より刊行	88歳		
2013	平成25		6月、「三浦綾子　電子全集」が小学館より配信	89歳		
2014	平成26		4月、『ごめんなさいといえる』を小学館より刊行	90歳	6月28日、旭川市・春光台公園で『道ありき』文学碑除幕式開催 10月30日午後8時42分、三浦光世、旭川リハビリテーション病院で逝去	3―10
2016	平成28		4月、『国を愛する心』を小学館より刊行 7月、『三浦綾子　366のことば』を日本キリスト教団出版局より刊行			
2018	平成30		4月、『一日の苦労は、その日だけで十分です』を小学館より刊行 4月、『信じ合う　支え合う　三浦綾子・光世エッセイ集』を北海道新聞社より刊行		4月、『信じ合う　支え合う　三浦綾子・光世エッセイ集』を北海道新聞社より刊行	
2022	令和4		4月、『平凡な日常を切り捨てずに深く大切に生きること』をいのちのことば社より刊行 4月、『愛は忍ぶ　三浦綾子物語　挫折が拓いた人生』を日本キリスト教団出版局より刊行 10月、『三浦綾子生誕100年記念文学アルバム　ひかりと愛といのちの作家』を三浦綾子記念文化財団より刊行			

―解説―

三浦光世日記について

田中　綾

一　三浦光世日記とは

三浦綾子記念文学館に、三浦光世が遺した日記六十三冊が収蔵されている。二〇一五年にまとめて遺贈されたもので、光世十四歳の一九三八（昭和十三）年から、最晩年九十歳の二〇一四年まで、七十六年にわたる貴重な記録である。

記された内容を簡潔に表すと、以下のようになる。

●一九三八年～四八年　営林区署での仕事、先輩たちからの教え、読書録、闘病や健康の記録など。

●一九四九年～五四年　受洗し、以降聖句の引用が多くなる。俳句や短歌などの創作も。

●一九五五年～六六年　堀田綾子と出逢う。綾子からの手紙の内容など。転任先の旭川営林局での仕事ぶり。婚約、新婚生活。綾子の作家デビュー。

●一九六七年～七四年　退職し、口述筆記など綾子の著作活動を支える。綾子の仕事に関するさまざまな記録。

●一九七四年ごろ〜一九九二年春　英文で記述。口述筆記や、来宅者の記録。

●一九九二年夏〜一九九八年　おもに綾子の介護記録。

●一九九九年〜二〇一四年　綾子を看取る。執筆や講演旅行の記録。三浦綾子記念文学館館長として、ボランティアや来館客、職員との交流。

ただし、日記は毎日もれなく書かれていたわけではなく、たとえば綾子の国内外での取材旅行に同行した期間などは空白もある。それでも、晩年まで丁寧に書き続けられていた。

二　既公開分の日記

日記の内容の一部は、すでに三浦綾子のエッセー集『ごめんなさいといえる』（一九六三年一月九日〜六四年七月十日について）や、綾子と光世の共著『夕映えの旅人　生かされてある日々3』（一九九五年七月五日〜九六年九月二十日について）、綾子『命ある限り』、光世『三浦綾子創作秘話』等で一部公開されている。

綾子が『氷点』で作家デビューするまでの最もドラマティックな時期の光世日記と、綾子が難病で思うように身体を動かせない時期の介護日記が公開されており、まずはその二つを少し引用してみたい。

一九六三年一月。綾子は、朝日新聞社一千万円懸賞小説募集の社告を見て『氷点』の執筆を始め、光世日記にもそのリアルな現場が書き記されていた。光世は三十九歳であった。

一九六三年一月一一日
夜、一一時まで仕事。綾子もせっせと書き進める。
何か上から言葉が与えられている感じがすると言う。
御名を恐れつつ、ハゲメ、ハゲメ。

一九六三年一月二二日
朝、綾子の小説の題、発案。
「氷点」綾子曰く「スバラシイ題デス。さすがはあなたです。」
昼休み、綾子より電話。（略）

一九六三年一二月五日
一日休む。
午後、小説の浄書。何と急いでも一枚、七分はかかる。それでは九〇〇枚、年内に間に合わぬ。しかし、「主の山に備えあり」
午後、一時間と思った昼寝が半日となる。あや子も共に。

一九六三年一二月一七日
休暇をとり一日、四〇枚浄書。
よくぞ綾子書いたのう。いや〜いや〜いや〜、書かせていただいたのだ。
忘れてはならんぞ。一一時半。

一九六三年一二月三一日
午前外出。
小包を持って旭川本局へ。一二月三一日の消印二箇所。
注文通り鮮明に押捺してもらう。遂に我等の手から主の御手へ。主よ御名が崇められますように。

『ごめんなさいといえる』（小学館、二〇一四年→小学館文庫、二〇一九年）より

綾子と光世の共著『夕映えの旅人　生かされてある日々3』は、綾子の日記ふうエッセーと同時期の光世日記が併録されているため、二人の関心事の差異なども知ることができる。綾子のパーキンソン病の進行にともない、着替えや移動、夜中のトイレ介助も必要となり、光世が最期まで支えていた。とはいえ、原稿依頼や取材にはこれまでと変わりなく応じており、口述筆記も続けられていた。光世七十二歳のときの日記である。

一九九六年一月一日（月）　雪、晴、また雪
介助四回の夜が明けて元旦。されど休み得ず。十一時綾子の口述に従う。口述者は英語でディクテ

イター、独裁者の意味もあるとか。これだけは、亭主関白の吾も絶対服従を要す。夕刻までに三十枚完了。ひと息つく。

一九九六年一月十七日（水） 晴
阪神大震災一周年。生々しい情景をテレビに見る。被災されし方々その後はいかならむ。綾子、午後ほとんど横臥。昼食に二時間を要す。昼食後すぐにまた二階にてひるね。ただしリハビリの時、いい顔色なり。若々し。

一九九六年一月十八日（木） 時々吹雪
介助昨夜二回のみ。二回は確かに「御」の字。
午後十一時二十分、綾子にマッサージをすべきことに気づき、二階へ。急いで二十分余り。昼食に豆餅と海苔餅。今年初めて。吾らの好物なりしが、綾子今日は口にせず。嚥下力も衰えているるしるしか。

『夕映えの旅人　生かされてある日々3』（日本基督教団出版局、二〇〇〇年）より

三　日記は綾子との共有物

正月早々、綾子の原稿の口述筆記をし、介助、温灸、マッサージなどで寄り添う光世。つねに二人三脚の生活であったことがうかがえる。

研究の一環として私が光世日記の調査にあたったのは、二〇一九年の四月から七月までであった。まず着手したのが一九六〇年代の日記であったが、明らかに別人と思われる筆跡が見られたことは驚きであった。時期としては、結婚し、綾子が創作に興味を示し出した一九六一年、六二年、さらに『氷点』執筆後の六四年日記に、光世のペン書きの文字の横に、綾子によるやや筆圧の強い文字がいくつか読み取れた。

二人にとって、光世の日記は備忘録であり、夫婦二人分の健康観察記録であり、ときに家計簿も兼ねた共有物であったのだろう。何一つ隠し事のない二人の関係性もありありと伝わるものであった。

四　創作秘話と、第一読者としての光世の存在感

光世は一九六六年末に旭川営林局を退職し、自宅で綾子の執筆活動を支えるようになった。そのため、日記にも、小説が完成するまでの過程がつぶさに記録されている。

中でも、タイトルは光世の提案によるものが多かったことがうかがえた。『氷点』『ひつじが丘』『泥流地帯』のほか、短編小説『毒麦の季《とき》』も光世の提案であった。これは東京で五十嵐健治を見舞った折の日記である。

一九七一年六月四日（金）東京　ツユ
三時九十七枚で完結。昨夜夜中「毒麦の季《とき》」と私案。綾子ＯＫ、先ずは感動作となる。
また、前川正と綾子の往復書簡を収めた『生命《いのち》に刻まれし愛のかたみ』を名付けたのも光世だったということが興味深い。

一九七三年三月二十六日（月）晴
一日とじこもって仕事。ようやく歌集まとまる。書簡集の題、吾が案通る。「命に刻まれし愛の形見」。
そして注目されるのが、綾子の小説の第一読者であり、折々アドバイスもしていた光世の存在感である。とくに『続氷点』のころは、複数の原稿を並行しながら執筆するという忙しさもあって、ときに出版社の編集担当者よりも厳しい言葉が書かれていた。

一九七〇年五月二十八日（木）くもり
朝門馬先生より陽子まだ高校二年の筈の電話、ショックショック。頭かきむしりたくなる。
綾子曰く、「そんなに怒っていない」その感じ方がいかんと何度も責め、新たに年表を作る。

一九七一年二月二十四日（水）吹雪
綾子の続氷点原稿二回分近く浄書して、不満ぶちまけ没。

一九七一年四月十六日（金）快晴

午前続氷点一回分浄書。綾子の原文どうも冗長の傾向あり。緊密を目ざせ。ヨハネ八ノ一〜一六を組みこむ。

一番の理解者であり、アドバイザーでもあった光世の叱咤激励があって、三浦綾子の小説は世に送り出されたのだった。

五　将棋と英語と短歌――光世の趣味

自宅では「亭主関白」（前掲一九九六年一月一日の日記より）であったという光世には、自分なりの趣味があった。十代から親しんできた将棋、四十代からの英語学習、そして、短歌の創作である。

結婚後、四十歳を過ぎてから英語を学び始めた光世は、一九七四年二月に、試しに英語で日記を書いた。ところが、数日後、こんな記述も現れている。

一九七四年二月九日（土）くもり

七時前に起きる。全く能率上らず。午後二時半から四時近くまで眠る。日記、英語で書いた所を綾子にさし示したら美しき日本語で書けとのこと。

綾子から「美しき日本語で書け」と言われてしまい、苦笑したようだが、その後も時々英語で書き、一九七五年からの日記は本格的な英文日記となった（作品名など固有名詞は日本語）。のち、一九九二年一月に綾子がパーキンソン病の診断を受け、介助で余裕がなくなったのだろうか、同年夏ごろからは日本語に戻っている。それでも、約十八年間も英語で日記を書き続けたことは、光世自身の趣味や関心も大切にしていたということではないだろうか。

短歌については、折々、推敲段階のものも日記に書きとめられており、綾子との合同歌集『共に歩めば』（聖燈社、一九七三年）や、光世単独の歌集『夕風に立つ』（教文館、一九九九年）に収められたものもある。

六 〈空白〉の一年

さて、最後にミステリアスな事実を申し上げたい。七十六年にわたる光世日記だが、実は一九五六年の日記が存在しないのである。

光世が堀田綾子と初めて逢ったのは、一九五五年六月であった。その年の十二月の日記には、「堀田さん」と書かれている。ところが、二年後の一九五七年一月一日の日記では、それが「あや子」に変わっている。呼び方に劇的な変化がおとずれた一九五六年という年は、光世と綾子にとって、さまざまな心の動きや決意があった年と思われる。その、二人にとってたいへん重要な年の日記が、存在しないのだ。

文学館に遺贈された時点ですでに存在せず、おそらくは、三浦夫妻によって廃棄もしくは何らかの処置がなされたものと思われる。とはいえ、その事実は、三浦文学ファンを、あるいは伝記的研究を行う研究者を、むしろ自由にしてくれるものではないだろうか——その一年にどのような出来事があったのか、想像する余地が私たちに残されているのだ。

末筆ながら、すべての日記をスキャンしてPDFデータに変換する作業をこなしてくれた「光世日記プロジェクト」のスタッフに、心より感謝申し上げる。

文字起こしやタグ付けの作業などは継続中であり、プロジェクトの完成は相当先になりそうでもある。けれども、今後も新たな発見や研究の成果も出るはずであり、楽しみは尽きない。さまざまな発見や新資料を、ぜひともご期待いただきたい。

著者略歴

たなか・あや　1970年札幌市生まれ。北海学園大学人文学部教授（日本近現代文学）。歌人。2017年から三浦綾子記念文学館長。同館公式サイトで館長ブログ「綾歌」を執筆。著書に「北海道新聞」日曜文芸欄で連載中のコラムをまとめた『書棚から歌を2015―2020』（北海学園大学出版会）などがある。

口述筆記の時間（1986年ごろ。撮影・りんゆう観光、写真提供・三浦綾子記念文学館）

初出
「北海道新聞」２０２２年３月26日～23年３月11日

北海道旭川市の三浦綾子記念文学館

あたたかき日光《ひかげ》　三浦綾子《みうらあやこ》・光世物語《みつよものがたり》

２０２３年３月18日　初版第１刷発行

著　者　田中　綾
発行者　近藤　浩
発行所　北海道新聞社
〒０６０─８７１１ 札幌市中央区大通西３丁目６
出版センター（編集）電話０１１・２１０・５７４２
（営業）電話０１１・２１０・５７４４

印刷・製本　株式会社アイワード

乱丁・落丁本は出版センター（営業）にご連絡くださればお取り換えいたします。
ISBN978-4-86721-090-1

北海道新聞社／三浦綾子・光世の本

復刻版 まっかなまっかな木

小さな男の子「まあちゃん」が、自宅近くの草原に立つ1本のりんごの木にたどり着くまでの小冒険を描いた童話。1975年に原作が発表され、2002年に絵本として復刊されたものの、入手困難になっていた希少な作品の復刻版。

文・三浦綾子／絵・岡本佳子●B5変型判／28頁